救了
的
少女
才發現是
鄰
梅竹馬
6
謙之字
Illustration Fly

1 自製電影大功告成

螢幕裡的伏見露出黯然神傷的表情。

我將影片倒轉十秒，重新確認直到這一幕前的畫面。

我個人拍攝的這支影片是打算投稿參加比賽，不過距離截止時間只剩下幾個小時了。

而今天也是暑假的最後一天。

「還是剛剛那樣比較好嗎……？」

我對著螢幕喃喃自語，又重看一遍剪輯前的影片。

……唉～因為影片看到有點疲乏，讓我搞不懂該怎樣剪輯才恰當。

我想參加的比賽是只要上傳影片檔就可以報名。拜此所賜，直到日期進入隔天的數小時前，我仍不斷垂死掙扎在修改影片。

——關於這支個人影片，你必須寫完暑假作業才准拍攝。

由於伏見對我提出如此狠絕的要求，因此我是在三天前才終於搞定暑假作業。

距離前一次在暑假期間就寫完作業，不知已有多少年了。在我的印象中，最後一次應該是小五的時候，所以這稱得上是一大壯舉。

而這全都多虧伏見非常嘮叨……不，全都多虧伏見在一旁提供協助才得以達成。要不是她的話，我也不會在這麼急迫的時限內製作影片啦。

「再重看一次。」

由於這是片長只有十八分鐘的影片，因此重看一遍也不會花費太多時間。拜此所賜，害我漸漸搞不懂該怎樣剪輯才對。

「葛格～？換你洗囉～」

伴隨一陣腳步聲闖進我房間的人是妹妹茉菜。

她正在用毛巾擦乾頭髮。

「我說過很多次了，妳進來之前記得先敲個門。」

「話雖如此，葛格你也沒在做什麼見不得人的事呀。」

我不由得發出一聲嘆息。

假如真是那樣的話，妳打算怎麼辦？

國中似乎也是明天開學，於是茉菜一口氣把她那頭金髮重新染好，現在的她只穿一件吊帶衣，配上一條短得要命的熱褲。

「你還在剪輯校慶的影片嗎？」

「這是我私下製作的影片。」

茉菜詫異地睜大雙眼。

「你又拍了一部影片嗎？」

啊、想想好像沒對她說過。

「我想報名參加某電影公司舉辦的短片比賽，截止時間是今天晚上十一點五十九分。」

茉菜感佩地回了一句「喔～」，接著探頭看向螢幕。

「這不是小姬奈嗎？」

「沒錯，她是女主角。」

礙於時間不足，我找不到人來飾演配角，因此我和鳥越偶爾會以配角的身分登場。

因為我並沒有想讓茉菜仔細欣賞，所以影片仍在播放。

「幸好小姬奈沒穿便服。」

「她從頭到尾都穿著制服。」

「這做法簡直就是明智之舉。」

「對吧。」

茉菜聽我說完後，「嘻嘻嘻」地笑出聲來。

伏見是我的青梅竹馬，明明她在學校裡非常受歡迎，卻不知為何毫無穿搭衣服的品味。因此在我拍的這支個人影片裡，只要不會太突兀，都盡可能讓她以制服亮相。

「我想從頭看一次。」

我瞄了一眼位於螢幕右下角的時鐘，現在差不多是晚上十點。既然時間還算充裕，我就先去洗個澡順便轉換一下心情。

「妳可能會覺得很無趣喔。」

話雖如此，其實我還是想聽聽其他人的意見，所以我重新播放影片讓茉菜欣賞。

「安啦安啦，葛格大可不必先叫我別抱期待。」

茉菜擺了擺手說完後，我便把椅子讓給她坐。

儘管挺好奇她看完會有什麼反應，但眼下還是轉換心情要緊。

我拿著乾淨衣物跟手機走下階梯至一樓時，鳥越恰巧傳來訊息。

『來得及完成嗎？』

我簡短地回了一句『大概吧』。

由於校慶上映的微電影是由鳥越負責劇本，因此這次我也經常找她商量劇情。

想想鳥越頂著大熱天來陪我們拍片，甚至臨時找她擔任配角也沒有拒絕，我當真是承蒙她許多幫助。

『讓姬奈來主演果然是正確的。』

其實我最初是拜託鳥越來飾演女主角，理由是比起伏見，她更符合我理想中的女主角形象。

雖然我在多次請求之後仍是鎩羽而歸，但由姬奈主演也有著不一樣的看點。其中一大原因是伏見透過演技去貼近女主角的形象。她的演技果真很好。我隔著鏡頭再次體認到這件事。即便我有事先把劇本交給伏見，讓她有時間提前準備，不過她超乎想像的表現令我和鳥越不禁瞠目結舌。

難道就連演技都能夠遺傳嗎？

我是在不久前首次得知，原來伏見的母親是一名演員。

所以伏見才想進入演藝界嗎？

儘管我不太有印象，但聽媽媽說她和伏見伯母曾是朋友，因此我小時候有見過她。

我沒在已裝滿熱水的浴缸裡泡澡，而是只用淋浴迅速沖洗完畢，然後返回臥室。只見茉菜用手托住下巴盯著電腦螢幕。影片結束後，她便轉過身來。

「如何？」

「我不知道該怎麼說耶。」

不知道該怎麼說啊。

畢竟內容有別於大眾取向的好萊塢電影，或許這感想才正確也說不定。

「可是啊，能感受出影片想傳達的氛圍。」

「所以？」

茉菜在被我追問之後，揚起單側的眉毛暫時陷入思緒。

「那個～總之我也說不上來，明明這整部片沒什麼臺詞，卻能感受出影片中的小姬奈正在想什麼或有何心情……嗎……？」

她想表達的應該是這個意思。

「謝啦。」

對於這個感想，老實說我是很開心。

我摸了摸茉菜那還沒擦乾的頭髮。

「呀～～!?你做什麼啦!?葛格！」

雙腳亂踢、不停掙扎的茉菜，就這麼開心地又叫又笑。

「這與校慶影片裡的小姬奈簡直是判若兩人，讓人會忍不住發出『喔？』的驚呼聲。」

因為姬奈在那部影片裡飾演典型的女高中生，形象也比較貼近她原本的個性。

「感覺能把觀眾帶進影片裡。小姬奈真的好厲害呢。」

這段評語對製片者而言可說是最棒的讚美。

就拿茉菜看過的這個版本去投稿吧，畢竟這已是我目前竭盡所能完成的作品，而且我本來就不期待可以入圍。

被淘汰可說是理所當然。

我請茉菜讓開並坐回椅子上，進入電影公司的報名網站填寫基本資料，並將完成的影片檔夾帶在裡面。

當我把游標移動至『報名』的圖示上時不禁陷入猶豫，茉菜忽然喊出一句「看招」，隨即伸手按下滑鼠左鍵。

「啊。」

「嘻嘻嘻，事到如今再怎麼猶豫也毫無意義吧？」

這麼說也對。

網頁切換成檔案上傳中的畫面，一段時間後便跳出報名完成的訊息。

「葛格你明天一樣得參加開學典禮吧？是時候該睡覺囉。」

啊、對吼。

我也一樣自明天起得去上學了。

「知道了知道了。」我邊說邊把茉菜趕出房間。

「若是葛格賴床的話，我就要給你一個親親！」

「這又是為啥啊?」

「因為葛格是妹控,想說這麼做你會開心。」

「開心妳個頭啦。而且比起我,開心的是妳這個兄控辣妹才對。」

「我這叫正常人好嗎?才不算是兄控呢。」

茉菜先是朝我吐舌頭,然後簡單說了一句「安~」便離開房間。

感覺應該是晚安的意思。

我躺到床上,把報名一事通知鳥越和伏見之後,便關上電燈就寢。

時間來到開學典禮當天上午。

「累死我了。」

坐在鄰座的姬藍咳聲嘆氣地拋出這句話。

姬藍的全名為姬嶋藍,是我和伏見的兒時玩伴,不久前曾當過一陣子的偶像歌手。

而現在又重啟演藝事業。

「是喔。」我瞄了姬藍一眼,簡單回應。

明天起會舉辦模擬考,一想到就覺得麻煩……

「那個。」

姬藍白了我一眼說：

「這種時候理當都會關心一下對方發生了什麼事吧？」

語畢，姬藍又發出一聲嘆息。

「小藍，妳對小諒說這種話是沒用的，誰叫他很那個。」

坐在我另一邊鄰座上的伏見從旁插話。

莫名有種躺著也中槍的感覺⋯⋯

按照方才的對話來看，姬藍似乎希望我能關心一下她為何那麼疲倦。

既然這麼想講的話，她大可直接說出來嘛。

「那麼，妳發生什麼事了嗎？」

姬藍先是做作地輕咳一聲才開口回答。

「舞臺劇的公演時間已敲定在十二月了。」

印象中之前有聽過這件事。這樣啊，看來正式拍板定案了。

姬藍窺探似地將目光瞟向伏見。

「唔唔唔唔⋯⋯」

只見伏見就像一隻心情不好的小狗，正氣呼呼地咬牙切齒。

其實伏見也有參加這齣舞臺劇的試鏡會，直到最後的最後才慘遭淘汰，因此每次聽聞相關消息時總會出現這種反應。

「妳就別挑釁伏見了，姬藍。」

「我又沒在挑釁人，就只是報告一下近況呀。」

我的意思是別故意在伏見的面前提起這件事。

伏見本身也對挑釁是毫無抵抗力，一旦受刺激就會不甘心地反咬回去。這點同樣能套用在姬藍身上，每當伏見藉機炫耀時，姬藍也會反嗆回去。

看著沒聊幾句就開始鬥嘴的兩人，感覺她們的關係就算過完暑假也依舊沒變。

「由於排練相當辛苦，因此我最近特別累。」

姬藍於暑假期間就一直在參加舞臺排練。明明公演時間是十二月，居然這麼早就開始練習了。

「有參加社團的人都是這樣好嗎？」

伏見隨即冷漠開嗆。想想鮮少能在學校裡看到伏見以如此冰冷的表情和語調說話。

而這是唯獨面對兒時玩伴時才會露出的態度吧。

「真羨慕姬奈妳……自從拍完要在校慶上映的微電影之後就可以一直玩，我也好希望有時間玩喔。」

姬藍狀似十分哀怨地搖頭感嘆，但她明顯是在挑釁人。

「那妳大可辭掉不演啊。」

「畢竟這是工作，我豈能半途而廢。」

「喔、這樣啊。」

伏見鼓起雙頰，就這麼氣呼呼地把臉撇開。

「喂，姬藍，妳就別再說了。」

我知道這是姬藍為了之前的事情在反擊。

起因是在拍攝校慶用微電影的期間，由於伏見對演戲較有經驗，因此是她負責指導演技，而她不僅趁著指導時炫耀，還不忘藉機言語挑釁，導致姬藍懷恨在心。

「每當我和姬奈吵架時，你總是站在姬奈那邊。」

姬藍不悅地說完後，刻意搬動桌子遠離我。

「我並沒有特別在幫誰——」

在我準備辯解之際，鳥越穿過課桌椅間的空隙走了過來。

「早安，瞧你們從一早就開始鬥嘴。」

鳥越露出傻眼的表情直直地盯著我看。

我簡短地回應招呼後，邀請她坐在主人尚未到來的椅子上。

「我什麼都沒做，是伏見與姬藍在那邊互相挑釁。」

「就因為你什麼都沒做才不好。」

語畢，鳥越便坐到我說的座位上。

「小靜早～」

伏見換上一個燦爛的笑容揮手打招呼。

「早安，姬奈。」

她叫做鳥越靜香，所以暱稱是小靜。

話說比起小靜，我覺得茉菜為她取的『靜靜』這個暱稱更貼近她的形象。

看著開始聊天的她們，我不由得冒出上述想法。

「你報名比賽的那部短片，最終完成得如何呢？」

鳥越像是忽然想起似地開口詢問。

「我自己是覺得還不錯，但也不敢掛保證說非常有趣。」

「下次有機會讓我看看吧。」

「好啊，還是我直接把檔案傳給妳？」

能感受到伏見目不轉睛地觀察著正在聊天的我和鳥越。

「那個，這個……啊、沒關係，不必麻煩，只要直接去高森同學你家就好……」

鳥越狀似想確認什麼地瞥了伏見一眼。

「啊～這樣也行。伏見，假如妳也想看就一塊來吧。」

面對我的邀請，伏見輕輕搖頭拒絕了。

隨著動作微微晃動的秀髮，就這麼散發出一股洗髮精的清香。

「我下次再去看。」

這還真稀奇耶，明明伏見對於我拍好的影片總會吵著要看。

「今天放學後可以嗎？不知你是否方便？」

我點頭同意鳥越的詢問。

「總覺得有點緊張耶。」

「畢竟這是第一次欣賞你完成的作品呀。」

於校慶上映的微電影尚在剪輯中。

所以這是我第一次讓人欣賞自己的完成之作。

「不管怎麼說，你確實做出了一部電影呢。」

鳥越像是再次確認似地說著。

「要是沒有暑假作業地獄的話，我就有更多時間能利用了。」

「這都要怪小諒你自己完全不寫作業啊。」

伏見不滿地嘟起嘴巴。

「我就像是吃錯藥地乖乖把暑假作業寫完了。」

「這樣才正常好嗎？哪裡算是吃錯藥嘛。」

伏見笑著吐槽我，原本面無表情的鳥越也露出微笑。

接著班導若田部(小若)老師走進教室，她簡短交代完事情之後，全班同學便前往體育館參加開學典禮。

「阿高，阿高。」

忽然有人從背後拍我的肩膀，我扭頭一看是出口。他是我在班上唯一能稱作男性朋友的同學。

即便暑假已經結束，出口還是老樣子有著一雙瞇瞇眼。

「我們去海邊拍攝的影片怎樣了？」

我完全忘了這檔事，先前確實有答應出口，等我把大家一起去海邊時拍攝的影片剪輯好之後就會傳給他。

「抱歉，我這陣子有點忙。」

「真拿你沒轍，我還想說如果影片很讚，就請你去吃午餐喔……」

出口揚起嘴角提出這次的報酬。話說他是有多期待這支影片啊。

他期待能看見泳裝美少女們性感入鏡的影片，但我打算將完成的影片發送給所有人，因此剪輯方針是不會有任何養眼畫面。

抱歉，出口，畢竟我沒有那種只為了吃頓免錢午餐，就不惜承受女孩們抨擊的鋼鐵意志。

開學典禮結束之後，同學們回到教室裡開班會。原本這段時間是讓大家來討論校慶要辦的活動，但因為我們這班早已票選出來，所以由我上臺報告製作進度後便結束班會。

於是很快就迎來放學時間。

目前還不到中午十二點。

姬藍一如往常得參加舞臺劇的排練，伏見也要去藝能學校上課。

由於唯獨我和鳥越有空，為了讓她欣賞之前聊到的那部個人短片，因此正朝著我家前進。

因為酷暑持續到現在未曾消退，開啟空調的電車內與戶外猶如兩個世界。大概是接近中午的緣故，車廂內只有三三兩兩的乘客，於是我們找了張空座位坐在一起。

「很抱歉像這樣突然表示想看你完成的短片。」

「別這麼說，我原本就想聽聽其他人的評語。」

雖然茉菜算是給出好評，但不知伏見看了會有何感想。

「難得今天比其他人更早放學，馬上回家總覺得有點可惜。」

「我能理解妳的感受。」

「啊、先說好我對電影不太有研究，所以無法給你任何有用的建議。」

「感覺鳥越妳是……如果影片太無聊會直接說出來的那種人。」

我完全能想像出這幕情景。

鳥越似乎發現我的表情有些憂鬱，於是含蓄一笑。

「畢竟這是你努力完成的作品，我不會批評得那麼狠——」

「啊、那就好。」

「大概吧。」

「大概嗎!?」

總覺得她看完以後，會在那邊咕噥說「明明劇本這麼好，為何能拍得那麼無聊」。

「逗你的啦。」鳥越笑得雙肩不停顫抖。

結果鳥越不小心撞到我的肩膀，於是我反射性地繃緊肩膀，接著發現鳥越也出現相同反應，只見她狀似相當驚訝地眨了眨眼睛。

「抱、抱歉。」

「不、不會，我、我沒放心上。」

鳥越隨後一改態度說：

「諒，能夠像這樣與我肩膀相觸，一般來說我可是會收錢的喔！」

「妳忽然之間是怎麼了？鳥越。」

我錯愕地睜大雙眼，鳥越紅著臉把話說下去。

「迫於無奈，我們就繼續緊貼著彼此的肩膀吧。」

啥……？

原本相隔一小段距離的肩膀就這麼互相貼著。

我一頭霧水地眨了眨眼睛之後，鳥越恢復以往的語調。

「…………感覺上……小姬藍會這樣……跟你鬧著玩。」

鳥越輕聲細語地說著。

「啊、嗯……原來如此。」

我這麼回答適合嗎……？其實我是滿頭問號，鳥越為何突然模仿起姬藍了？

「我聽姬奈說了讓你們重新產生交集的契機。」

「是她遭遇痴漢那件事嗎？」

「嗯，如果換成是我即將被歹徒亂來的話，高森同學你會來救我嗎？」

鳥越怯生生地斜眼瞄著我。

「這是一定會啊。」

「就算是被你甩過的女生嗎？」

鳥越將臉湊到我的面前，露出超乎想像的認真眼神看著我。

終於回神的我馬上將臉撇開。

「與那件事無關，至少我會先報警啦。」

「這、這麼說也對。」

「直到警察抵達以前，我會設法拖住歹徒的。」
「儘管你的回答很正確，卻與我想聽見的答案有點落差……」
烏越沮喪地低下頭去。
在抵達離我家最近的車站之後，我們便走出剪票口。
外頭的陽光亮到令我不禁瞇起雙眼，於是我們就這麼穿梭在悶熱的溼氣之中，肩並肩地朝著我家走去。
「若是自己的心上人在危急時刻前來幫忙解圍，我光在腦中想像就不由得心兒蹦蹦跳。」
原來烏越也會說「心兒蹦蹦跳」這種話。
但這也是理所當然，畢竟烏越同樣是個女孩子。
我似乎不自覺地一直盯著烏越看。
「……有事嗎？」
「沒事。」
我連忙搖頭否認。
「高森同學你明明具有基本常識、良知以及知識，卻對戀愛方面是遲鈍到讓人跌破眼鏡，這到底是為什麼呢？」
「就算妳問我……大概是……經驗不足？」

「這點對我而言也一樣呀，像我就是個只要經常一起吃午餐就忍不住喜歡上對方的好追女。」

「妳這種自嘲方式會害我無法接話喔，鳥越小姐。」

「因為我說的都是實話。」

妳別一臉認真說這種話啦。

「拜託妳別說了，這會害我不知該如何反應。」

鳥越見我投降後，含蓄地輕笑出聲。

這情況該怎麼形容呢？

不同於伏見和姬藍，我在鳥越面前不需要刻意假裝自己。

鳥越只認識進入高中以後的我，反過來說，就是她很清楚我是個沒有任何優點或興趣的孤僻鬼，讓我不會特別想在她面前耍帥。

「畢竟我都被你甩了一次，事到如今你又何必在我面前裝瀟灑，完全不需要在那邊打腫臉充胖子……」

「意思是要我在妳面前別想太多，放輕鬆就好嗎？」

看著點頭回了一聲「嗯」的鳥越，我繼續說：

「也是啦。該說與妳相處時無須顧慮太多嗎？總之就是讓我可以輕鬆地把心底話通通都說出來。」

我邊說邊表示贊同地點頭以對。

但我發現本該並肩同行的鳥越不見了。

我回頭望去，只見鳥越雙頰泛紅地低下頭去。

「妳怎麼了？」

「高、高森同學……你剛剛說的那些……都是真的嗎？」

「是真的啊，怎麼了嗎？」

「咦、啊，該怎麼說呢……嗯～～」

鳥越扭扭捏捏地拉了一下自己的衣服，然後用手撥了一下瀏海，接著又摸了摸頭髮，狀似完全靜不下來。

「高森同學，這句話的意思就是你喜歡我吧。」

我喜歡鳥越……

我喜歡鳥越……？

我喜歡上鳥越……

我喜歡——

「咦。」

我在腦中反覆思考著這句話，經過一段時間才終於意會過來。

「啊、那個，當我沒說，你快忘了吧。這、這只是我的幻想。抱歉喔，我居然像個自我感覺良好的女生那樣認為你應該是喜歡我。」

鳥越緊張地大幅度揮動雙手。

「高森同學，你喜歡文科還是理科？」鳥越快步穿越我的身邊之後，以走調的嗓音強行改變話題。

既然鳥越沒等我回答就轉移話題，表示她並不想再談這件事。另外本校學生在二年級的十月，也就是下個月將會分成文組跟理組。

「我喜歡文科。」

「我也是。」

……這個話題至此宣告結束，我們就這麼暫時陷入沉默。

我帶著耳朵仍微微泛紅的鳥越進入家中，領著她來到臥室，啟動冷氣便請她隨便坐。

在我們停止交談以後，能感受到鳥越鉅細靡遺地觀察著我的一舉一動。

我拔掉筆電的電源，將之啟動並交給鳥越。

「左上角有個名稱是我名字的資料夾吧，就是那個。」

「嗯。」

隨即傳來點擊觸控面板的聲響。為了幫鳥越泡茶，我走下樓梯前往一樓。

讓茉菜欣賞那時也一樣，有人當面觀賞自己完成的作品會令我感到莫名害臊，同時也挺擔心對方會出現何種反應。

「我喜歡鳥越……」

我試著將這句話說出口。

我對鳥越確實抱有朋友之間的好感。

也能從鳥越身上感受出她對我抱有相同或更強烈的好意，並且直到她對我告白以後，我才終於明白這點。

可是肉眼所見的一舉一動，未必能代表一個人的內心。

……咦，話說我是從何時起產生這種想法的？

我在感到困惑的同時，拿著裝有麥茶的玻璃杯和一包零食返回房間。

能看見鳥越還在欣賞影片。

她似乎非常專注，並沒有發現我已經回到房間內。

不知她看完會有何感受。

畢竟我與鳥越討論過劇本，因此比起茉菜，我更在意她給出的評語。

此時能聽見影片最後一幕的聲音。因為我已重複檢查過太多次，所以光聽聲音就能認出來。

影片結束後，鳥越仍注視著筆電螢幕。

她緊閉雙唇並將嘴角往下彎。

「如何……？」

我戰戰兢兢地詢問後，鳥越這才注意到我，接著連忙扭過頭去。

隱約能聽見吸鼻子的聲音，同時能看見她抬起手擦拭自己的臉。

「鳥越？」

「嗯，抱歉，看完之後感觸有點深。」

老實說這部短片並沒有任何賺人熱淚的要素。既沒有描述愛人過世，也沒有閱讀母親留下的遺書等等橋段。

但我在第一次欣賞這個成品時——

我同樣不禁落淚了。

我本以為只是自己製作的緣故才過度帶入情緒，但照此看來或許並不是這樣。

「我已明白你為何希望由我主演了。」

「對吧？」

鳥越似乎終於理解了。

「我本來覺得自己只要有在劇本上幫忙出主意，由姬奈來擔任女主角也無所謂，甚至以她為主演的情境來思考劇情，但想想我還挺符合主角的形象。」

鳥越擤完鼻子後，轉頭看向我。

「只是當攝影機對準我時，我可能無法好好演戲。」

像這樣笑著自我解嘲來緩和氣氛，確實很有鳥越的作風。

「妳對影片本身有何感想？」

「我覺得很感動。」

「這、這樣啊！」

其實她給出的點評是「沒有什麼感覺」，我就覺得算是合格了。

「呼~看來是非常成功。」

我莫名有種辛苦數日終於得到回報的感覺，不由得仰頭鬆了一口氣。

「你這反應也太誇張了吧。」

鳥越笑著說完後，便順手闔上筆電。

接著她開始仔細分享自己的觀後感，並打開零食享用茶點。

諸如「原來那幕是這樣呈現呀」、「那幕的表情很棒」、「氛圍拿捏得很讚」等等。

鳥越大肆讚揚我的這部作品。

「你或許有一絲機會能夠入圍喔。」

「妳就別太捧我了。」

要是再被人這樣吹捧的話，會害我忍不住心生期待喔。

我們聊了一段時間後，只剩下兩個空玻璃杯和裡頭零食被吃光的包裝袋。

「暑假作業通通做完，努力完成校慶用的微電影，個人製作的短片也毫不馬虎……高森同學你在不知不覺間竟然成了個認真負責的好學生呢。」

「別說得我好像是個缺乏常識的小廢材。」

其實我也有相同的感受。如今回想起來，自己在暑假期間幾乎不曾蹉跎時光。

我拿回筆電，將影片檔複製到隨身碟裡。

明天再把隨身碟交給伏見吧。

我看了看時間，這才驚覺現在已是下午一點多了。

「鳥越，妳午飯打算怎麼解決？」

「我是考慮回家吃，高森同學你呢？」

「如果沒其他安排，我會出去吃或到超商隨便買點食物。」

在把鳥越送到車站之後，我是考慮買個外帶或找間店坐下來吃。

「那個，假如你不嫌棄的話……」

「嗯？」

我等待鳥越把話說下去，只見她雙頰泛紅地斂下眼簾輕聲說：

「……由、由我來做午飯……給你吃如何？」

「老實說這幫了我一個大忙，可是妳ＯＫ嗎？不會太麻煩妳吧？」

鳥越迅速搖搖頭。

「雖然沒茉茉做得那麼好吃，但我在家裡也滿常幫忙做飯。」

「聽起來真可靠耶，那妳打算做什麼料理？」

「若是方便讓我使用家中剩下的食材……」

「我相信茉菜不會介意的。」

依照鳥越無須特地出門添購食材的反應，不難看出她具備優異的實戰能力。

我們一起走進廚房，讓鳥越檢查冰箱內部。

「嗯～真不愧是茉茉，東西都擺得有條有理。」

鳥越看著擺放整齊的冰箱內部開口讚許。

「怎樣？足夠做好一餐嗎？」

「如果你不嫌棄，炒飯是可以馬上做好。」

「那就有勞閣下了。」

鳥越聽完我不正經的回答莞爾一笑。

「嗯，那你稍等一下。」

於是我按照指示坐在客廳看電視，同時心驚膽顫地暗中觀察鳥越。

她做菜的手法非常俐落。

除了向我詢問調味料跟碗盤的擺放位置以外，鳥越似乎再無碰上其他問題。

不久後能聞到熱油的香氣，以及翻炒鍋子的聲響。

「我回來了～」

玄關傳來茉菜的聲音。

記得她今天也一樣是中午前就放學了，看來應該有跑去其他地方閒逛。

「歡迎回來～」

我無奈地出聲回應。原因是直到我回答之前，茉菜會不斷重複「我回來了」這句話。

「葛格，有客人嗎～？」

「是鳥越來了。」

「喔～是靜靜嗎？」

茉菜從轉角探頭一看，恰好目睹正拿著大湯杓製作炒飯的鳥越。

「靜、靜靜居然這麼明目張膽地賺取分數——!?」

賺取分數？

「歡迎回來，茉茉。」

「嗯，我回來了……等等！現在不是打招呼的時候！妳竟然在做菜！」

茉菜的臉色越變越難看。

「什麼賺取分數……我並沒有這個意思。」

被茉菜注視的鳥越輕描淡寫地將目光移開。

「明明就是這樣！要不然還能是什麼意思!?」

「茉菜妳別生氣，難道冰箱裡有不便給人使用的食材嗎？是我答應讓鳥越用的。」

「不是這樣啦！」

看來原因不在這裡。

茉菜隨手放下書包，大步流星地走向鳥越。

「我也有幫茉茉妳做一份喔。」

「靜靜，妳不可以這麼做，因為葛格的胃是由我來管理，只有壞女人才會以這種方式來賺分數喔，靜靜。順帶一提，料理可是我的主舞臺喔？」

茉菜動怒的理由居然是這個。

「確實茉茉妳做的菜是又香又好吃……」

喔，喔～？這發展出乎我的預料。

「但全都是十分費工的料理吧。」

「那又怎樣？妹妹做的飯本來就是人間極品。」

「其實高森同學也喜歡吃不講究營養的食物。」

「唔……」

喔、喔～……鳥越取得優勢，目前是鳥越占上風。

我自然是喜歡費工的料理，卻也同樣愛吃製作簡單的重口味食物。

而茉菜的料理大多都屬於前者。

「葛、葛格愛吃什麼我最清楚，輪不到妳來提供意見。」

茉菜雙手環胸，擺出一副不會輕易退縮的態度。

甚至散發出一股類似拉麵店頑固老闆的氣勢。

「是茉茉妳過度陶醉於自己的廚藝。只因為自己能燒一手好菜，就變得有點太主觀吧。」

「才、才沒有那回事呢！」

茉菜氣呼呼地鼓起雙頰。

鳥越在闖入茉菜的地盤後，即便遭受反擊仍確實設法讓自己站穩腳步。

她看出這場交鋒已告一段落，便將做好的炒飯分裝成三盤。

「靜靜～我能理解妳的心情～但總有一些地方是不容許外人涉入的，而這也是所謂的不可侵犯條約。」

「到此為止，茉菜，反正鳥越也有幫妳做了一份嘛。」

炒飯上桌後，我們三人紛紛就座，並合掌說：「我們開動了。」

我舀起一匙炒飯送進嘴裡。

飯粒與蛋汁完美融合，而我同意可以使用的培根提供了恰到好處的鹹味。至於炒飯好吃的另一個訣竅，就是藉由高麗菜來提升口感。

「如、如何？」

「想想我們的立場剛好與之前互換了。嗯，還不錯吃。」

「這真是太好了。」

語畢，鳥越也吃了一口炒飯。

茉菜狼吞虎嚥地吃了幾口炒飯後，露出得意洋洋的表情冷笑一聲說：

「的確是還不錯吃啦～但終究只是還不錯吃。」

「妳就少說兩句啦。」

儘管我立刻出聲勸阻，茉菜卻彷彿抓準反擊機會般把話說下去。

「換作是我，在相同的時間之內還能再多做兩道菜。」

相較於神情志得意滿的茉菜，鳥越的反應相當平淡。

「這樣啊。」

「負責做飯給葛格吃的人是我。」

我們並沒有訂下這種規矩喔。

「畢竟是中餐，我個人認為不錯吃就很剛好了。」

© Fly

鳥越的意見相當中肯。

假如問我是否想從中午就吃一頓豪華大餐，我的答案是否定的。

我反倒比較偏好並不費工、口味還行且能夠迅速吃下肚的食物。

撇開此事不提，茉菜似乎仍有著屬於她的尊嚴。

「如果妳想在餐點上搏得葛格的歡心，就先設法打倒我吧。」

「沒想到茉茉妳是個這麼難搞的小姑。」

遭人嫌棄為難搞小姑的茉菜當場石化。

「鳥越妳也一樣少說兩句啦。」

「茉茉她就只是把自己想做的料理硬塞給高森同學你吃吧……」

「但這也輪不到只能做出尋常炒飯的人來批評我。」

「妳們都別鬥嘴了！吃飯就該開開心心享用才對。」

真受不了她們居然為這種無聊小事起爭執。

於是兩人不發一語地吃著炒飯。

看在茉菜眼裡，大概是把別人在家裡做飯一事當成在對她下戰帖吧。

正因為兩人十分要好，鳥越才選擇應戰……導致兩人都陷入沉默。

氣氛真尷尬……

「看來靜靜妳是認真的。」

「什麼意思？」

「即使我沒講明，妳應該也很清楚吧。」

「那個……嗯。」

茉菜聽完輕輕一笑。

「既然如此～我就看在這點的份上原諒妳一次吧。」

語畢，這場口舌之爭便畫下句點。

◆鳥越靜香◆

「謝謝招待。」

在我踏出高森家的大門之際，高森同學再次提議想送我一程。

「我送妳去車站吧。」

「沒關係，不必這麼麻煩，謝謝你喔。」

「這樣啊。」高森同學很快就接受了我的婉拒。

其實我是希望他說『別跟我客氣，讓我送妳吧』，然後半強迫地拉著我坐上腳踏車的後座。

……

我用力搖搖頭將上述的奇怪幻想甩出腦中。老實說這令我有些反感，總覺得自己變成一個難搞的女生了。

真要說來，高森同學根本不可能這麼主動。

離開高森家之後，我獨自一人踏上通往車站的道路，穿過剪票口來到月臺上。

關於高森同學製作的個人短片，我莫名產生出一種那是直接將我寫入故事裡的共鳴。

儘管當事人應該沒有這個意思。

怪不得當初是找我而非姬奈來擔任主演。

若是自己答應參演，從討論劇本到攝影都會是兩人獨處——

我再次用力甩頭將這些虛假的幻想拋諸腦後。

假如由我當主角，有可能會扼殺這部作品，所以感覺還是讓姬奈來主演才最為正確。

不知姬奈對這部短片會給出怎樣的評價。

既然是心上人製作的影片，我想應該是讚不絕口吧。

但她也有著冥頑不靈的一面，或許會坦率傳達心中的感受也說不定。

「不，像我就是沒想太多單純說出自己的感想，與心上人的作品等理由都無關，並沒有把這些納入考量。」

我像是故意利用電車進站的聲響來做為掩護般喃喃自語。

我今天到底是怎麼了？

我在車廂內找了個位子坐下，心不在焉地側眼看著不斷流逝的景色陷入思緒之中。

原因大概就是高森同學說的那句話。

『該說與妳相處時無須顧慮太多嗎？總之就是讓我可以輕鬆地把心底話通通都說出來。』

光是回想起這件事就令我臉頰發燙。

為了避免被其他乘客看見，我將視線落向自己的腳尖。

既然高森同學特別提到我，應該可以當作他對別人就沒有這種感覺。

由於他隨口說出這種類似心底話的內容，害我情不自禁地誤以為他其實是喜歡我卻沒有自覺罷了。而這也算是會引人誤會的臺詞。

就因為這句話，讓我冒出一個想法。

假如我擁有另外兩人……姬奈和小姬藍所沒有的優勢——

就算當真是我一廂情願，要是高森對此產生自覺的話——

能感受到自己忍不住露出心花怒放的笑容，嚇得我趕緊用雙手把臉遮住。

怎麼辦？總覺得好開心。

這麼一來，我是不想再顧慮太多，坦率接受心中的這份愛戀。

……但我認為應該沒有這種事。

話說在陪高森同學商量劇本時，我就隱約有一個念頭，開始考慮自己也來做點什麼。

原本跟我一樣不曾投注心力在任何事情上的高森同學，我真沒料到他會變得那麼努力。

『茉菜已在反省自己今天說的話有點過分，所以希望妳能原諒她。』

此時突然收到高森同學傳來的訊息。

『麻煩你跟茉茉說我沒有放在心上。』

『收到。另外茉菜雖說口味很普通，但我覺得妳做的炒飯很好吃，謝謝妳喔！』

明明你都拒絕過我的告白了。

拜託你別讓已經被甩過一次的女生產生多餘的期待啦。

②體育課的準備和收拾

「有必要測量一百公尺短跑嗎？」

我在低聲抱怨的同時，推著不斷發出『嘰嘰嘰』這種奇怪聲響的畫線筒，在起跑點上繪製白線。

「你就別抱怨了。」

「想想班長根本就是負責打雜的。」

「這種事不是早該知道了？而且是你毛遂自薦的。」

伏見輕笑出聲。

身為班長和副班長的我們，趁著休息時間在為今天的體育課做準備。

伏見讓我握住捲尺的一端後，便步伐輕盈地跑開了。

「就是這裡～！」

看來從這裡到那裡有一百公尺。

我舉起一隻手做為回應，然後為了替終點畫上白線，就這麼推著畫線筒往伏見的方向走去。

對於擅長運動的伏見而言，賽跑這種事並不會對她造成困擾。她無論是游泳或賽跑都很快，對球類運動也很有一套。

換上體育服的伏見露出既白皙又纖細的四肢，彷彿完全不受夏日豔陽的影響。

大概是得知等等要做一百公尺短跑測試，她將自己的長髮綁成馬尾，看起來似乎充滿幹勁。

班上同學們不久後便紛紛來到操場上。

「導演，今天體育課要做什麼？」

「老師說要測量一百公尺短跑。」

「咦咦咦……不會吧。」

由於暑假期間有一同拍攝校慶用的微電影，因此不知自何時起，我在班上的綽號從班長變成了導演。

「導演，你去跟老師說我們想踢足球啦。」

「麻煩你自己去說。」

「嗚哇～導演你還真冷漠耶～」

其他男同學在見到我的冷處理之後是開懷大笑。

雖說班長得負責打雜，但我自身並沒有抱持多少想為班上同學服務的精神，畢竟我不是這種濫好人。

我注意到朝這裡走來的男同學稍微瞄了伏見一眼。

「伏見同學把頭髮綁起來了。」

從更衣室來到操場的出口率先說出這句話。

「也不知這算是她的優點還是缺點，總之她對這類測驗都會全力以赴。」

「嗯～只要能讓我欣賞到伏見同學的後頸就足夠了。」

這小子的目的還真是始終如一。

「伏見她的腳程比一般男生都快喔。」

「真想從終點的位置關注她呢。」

依照出口那副嘴角上揚的表情，不難看出他正打著歪主意。

下一位吸住男同學們目光的人是姬藍。

「要測量短跑嗎？我是無所謂啦。」

從身旁女生口中得知今天上課內容的姬藍，就這麼邊跟人聊天邊走過來。

該說姬藍是個衣架子嗎？同一件衣服穿在她身上看起來就是不一樣，著實是非常好看。

說她是為了角色扮演而換上本校的體育服會更貼切。

「好大。」

出口輕聲說出這句話。

這小子還真是看見什麼就會老實說出口耶……

真不知該說他很令人傻眼，或是毫不在意旁人的目光。

不過我能理解他的感受。

相較於直筒身材的伏見，姬藍就是凹凸有致。

因為姬藍懶洋洋地雙手環胸，導致胸部被突顯出來。

「阿高，那很不妙，真的非常不妙喔。」

「什麼意思？」

「等等要測量一百公尺短跑吧？若是全力奔跑的話，肯定會上下左右盡情搖擺喔。」

「你別說了啦。」

「雖說所有男生都會站起來，卻通通無法站直身體。」

「這種事就不必說了。」

根據我的印象，姬藍在小學時運動神經就很好了。

再加上她練過唱歌跳舞，心肺功能應該十分優秀。

「她目前有在參加舞臺劇之類的排練吧。」

出口向我提問。

「好像有吧～」

儘管我知道得一清二楚，卻回答得相當曖昧。

由於從試鏡會脫穎而出的姬藍在暑假期間就得參加舞臺劇排練，校慶用微電影的拍攝工作曾因此受到耽擱。

姬藍在那時有向同學們解釋原因，並為自己給眾人增添麻煩一事道歉。

大概就是基於這件事，姬藍在暑假結束後變得比伏見更受人關注。

不時能聽見大家在偷偷討論『聽說二年級的轉學生是舞臺劇演員』、『看來她之前是偶像歌手一事並非空穴來風』諸如此類的話題。

「該說真正的明星特別有風範嗎？看起來就是不一樣。」

我對出口隨口說說的這段評語感同身受。

我在拿攝影機拍攝時就能清楚感受到這點。不知該說姬藍這個人特別搶眼，或是氣質出類拔萃，明明她與伏見站在一起時並沒有做出任何特殊舉動，有時就會令我莫名去注意她。

「鳥越還沒來嗎？」

我如此低語地環視一圈，這才發現單純是我看漏了早已換好體育服來到操場上的鳥越。

唯獨她多穿一件外套在身上，讓人一眼即可看出她對於短跑完全提不起勁。

還真符合她的作風。

老師到場之後，讓學生們排隊站好並點完名就開始說明今天的課程。一如課前準備會做一百公尺短跑測試，而且是兩人一組互相測量時間。

又、又是兩人一組……

這就是我不喜歡體育課的理由之一。

每當上體育課時，老師經常會要求學生兩兩分組。

「阿高。」

呼喚我的出口就這麼揚起嘴角。

「……好像也只能這樣了。」

「別這麼說咩，My friend。」

「這句話聽起來很肉麻，希望你別再說了。」

「儘管你這麼說～但其實是暗爽在心底吧～」

出口用手肘輕輕頂了我幾下。

與其說是暗爽，不如說我是鬆了一口氣會更貼切。

結束熱身運動之後，老師要求所有學生跑操場一圈。

「出口你跑得很快對吧？」

我向慢慢跑的出口提問。

體能測驗是在四月舉辦，而那時並沒有測量一百公尺短跑。

「只算是普通吧？我在國中以前是有踢足球，基本上算是還行啦。」

足球……

這股落敗感是怎麼回事？

不論好壞，在上體育課時經常能接觸到他人出乎意料的一面。

而我大多都只會自暴其短，所以每逢體育課都會覺得很鬱悶。

像是大家一起打球時，最終只會變成參加相關社團的同學們一枝獨秀，而且能看出大家都會偷偷注意女生們的反應。反觀我是個體育白痴，因此無論如何都會對這種事產生偏見。

就像這次的體育課是賽跑，一旦測量的時間或數字出來之後，就會清楚得出『我比對方厲害或差勁』的結果。

我光是一想到這件事，就不禁覺得心情沉重。

「小靜，妳還是把外套脫掉會比較好。」

伏見和鳥越在不遠的前方交談著。

「沒關係，我想穿。」

「妳這樣會增加風阻，進而導致速度變慢喔。」

「我不像姬奈妳那麼追求跑出好成績。」

「咦？是這樣嗎？」

伏見睜大雙眼地歪過頭去。

老實說現場想全力跑出好成績的人，大概就只有伏見而已。

鳥越忽然東張西望，在發現我之後便望了過來。

在這一瞬間，她於開學典禮那天說『高森同學，這句話的意思就是你喜歡我吧』的這段話隨即閃過腦中，令我連忙把頭撇開。

鳥越那頭延伸至背部的黑色長髮，隨著她的步伐輕輕搖曳。我斜眼一瞄，恰好能窺見她的側臉。與伏見交談的她眼角微彎，不難看出她正露出笑容。

「鳥越女士明明也擁有一對好東西，偏偏多穿了一件外套……不知她上場時會不會脫掉。」

出口如此小聲說著。

就算會跑得比較慢，我等等還是去提醒鳥越別脫掉外套好了。

像這樣站在後側觀察，能一眼看出班上的人際關係。

有其他女生去找原本在跟鳥越交談的伏見，於是她開始和大家閒聊，不久後又有幾名男生加入對話。

反觀姬藍身邊就聚集比較多的女生，本該是轉學生的她莫名有種準備組織軍隊的態勢。

因為姬藍不會迎合或恭維他人，看在女生眼中似乎是一種魅力，不過對男生而言就有種難以親近的感覺。儘管這麼說有點多餘，但她在對此並不太清楚的其他班級或學年的男生之間就很有人氣。

「雖然班上的男生分成伏見派與姬嶋派，可是現在已不再對立了。」

有識之士出口拋出這句話。

至於鳥越原本是跟在伏見身旁，但因為周圍聚集越來越多的男女同學，轉眼間就變成她一個人跟在角落慢慢跑。

單就難以親近這點來說，鳥越散發出來的『別跟我聊天』氛圍，比姬藍更為強烈。說起板起臉色的她，甚至都能在她背後加上『轟轟轟』的效果音。

如果鳥越別老是露出這種表情，並且對人稍微和善一點的話，肯定能結識比我更多的朋友。

身為班上風雲人物之一的帥氣男學生突然找鳥越聊天。

儘管聽不見他們在聊什麼，不過鳥越神情僵硬地一下搖頭一下點頭。

感覺她應該很緊張才對。

等到男學生遠離之後，鳥越非常明顯地鬆了一口氣。

「鳥越妳腳程很快嗎？」

我追上鳥越出聲攀談，她似乎從嗓音聽出是我，便頭也不回地回答說：

「你覺得我跑很快嗎？」

「是不覺得。」

「那你何必來問我嘛。」

鳥越瞥了我一眼之後，微微地揚起嘴角。

「假如妳平常都露出這種表情，肯定會討喜很多喔。」

只見鳥越突然開始大聲咳嗽。

「妳還好吧？」

「這都要怪你……忽然說這種……奇怪的話……」

不小心嗆到的鳥越咳得眼角泛淚，而且臉頰隱約比平常紅。

「我、我並沒有想跟姬奈一樣當個八面玲瓏的人……那個……就只想跟……我想結交的人說話。」

換言之，我也是其中一人囉……

就在這時，鳥越突如其來地拍了一下我的肩膀。

「妳做什麼啊？」

「並沒有為什麼。」

老實說這並不痛是無所謂，但我還是希望她別沒由來地亂打我。

跑完操場一圈又稍微做點拉筋運動之後，終於要開始一百公尺短跑測試。

老師說每人會跑三次，並以其中的最佳成績做為測試結果。有必要跑那麼多次嗎？對於平常沒在運動的學生來說，感覺第一次就會跑出最佳成績。礙於缺乏體力的緣故，第二次跟第三次勢必會後繼無力。

終點附近能看見與我一組的出口手持碼表等在那裡。

能看見按照座號上場的五個人排成一列，在聽見短促的哨聲便拔腿狂奔。

我是下一組。在我準備上場之際，位於終點附近的伏見對著我揮揮手。

我也稍微揮揮手做為回應。

但她有可能並不是在向我揮手。

「伏見同學在跟我揮手耶……」

「不是你啦，是我才對。」

「你們在爭什麼，她是對著位於後面的我揮手啦。」

「看我在抵達終點的瞬間就抱住她。」

「她聲援的對象其實是在下。」

難道有一名武士混在我們之中？

「你有辦法好好跑嗎？諒。」

在一旁等待上場的姬藍如此提問。

「好好跑是啥意思？反正我會跑完全程啦。」

至於速度快不快就另當別論。

「那你要跟我賭一把嗎？只是測量時間太沒意思了，輸家得請贏家吃學生餐廳賣的布丁如何？」

學生餐廳賣的布丁——

這是學生餐廳自製的手工布丁，不同於市面上那些量販品，其實還挺不錯吃的。記得小學當時，我在跑步上還能與姬藍一搏。

「好，來比吧。」

「希望你到時不會感到後悔啊，諒。」

姬藍比我想像得更充滿自信。

令我馬上就對自己輕易接受挑戰一事感到悔不當初。在我的印象中，松田先生曾說過表演舞臺劇滿需要體力的……

當我們站上起跑線，先是聽見老師說出「預備～」這兩個字，隨後便響起哨聲。

距離上一次全力奔跑不知已有多久了。

視野側面能看見熟悉的景色不斷流逝，耳邊傳來自己劇烈的喘息聲和風聲。雖然與跑最快的男生相距幾公尺，不過我在這組之中拿下第二名。

「阿高你跑得還挺快嘛。」

在我大口喘氣之際，走了過來的出口將碼表遞給我看。

碼表上顯示還不到十四秒。喔～成績比我想像得更不錯。

「呼喵啊!?」

因為伏見發出小貓嚇到般的尖叫聲，我立即扭頭望去，只見一名男生正慘遭多名女生圍剿。

「咦，這是什麼情況？」

對於我的發問，有看見事情始末的出口便幫忙解惑。

「那傢伙滿腦子不正經地打算在通過終點時上前擁抱伏見同學，結果被其他女生攔阻，於是演變成現在這樣。」

「啊～……」

這種玩笑話別當真付諸實行啦。

「饒命啊～～～我不該那樣衝向伏見同學～～～～！」

在班上總愛胡鬧的這位男同學就這麼被一群女生猛踹。

「搞不好他是想被人這麼對待才前去犯案。」

因為這種癖好已太過扭曲，我即便聽完出口的解說也還是無法理解。

「伏見同學！妳剛剛不是在向我揮手嗎!?」

「我、我是在……那個……對小諒揮手啦！」

伏見一臉羞紅地如此大喊。

大概是過度害臊的緣故，只見她一溜煙地跑掉了。

緊接著有好幾道視線射向我。

「「青梅竹馬就是爽……」」

這情況害我不知該如何應對。

「哦齁哦齁～小諒～哦齁哦齁～」

其他男生見我顯得很尷尬之後，紛紛嬉皮笑臉地重複說著「小諒」二字來捉弄我。

「因為阿高你當上班長又擔任過導演，令大家都變得很愛你喔～」

出口感慨良深地說著。

這能算是愛的表現嗎？

接著由我負責測量時間，出口則前往起跑線。在我努力調整呼吸的期間，男生的第一場測試宣告結束，輪到女生測量。

幾組女生跑完之後，輪到鳥越所屬的組別上場。

「小靜加油～！」

不知何時回到這裡的伏見大聲幫鳥越打氣，但鳥越卻是一臉抗拒地揮揮手。

「不、不必特地幫我加油啦。」

鳥越顯得既害臊又困擾地雙頰泛紅。

哨聲響起，鳥越邁出步伐。

儘管我早就料到鳥越不太會跑步，可是她似乎比我想像得更加不擅長。

她手忙腳亂地努力往前跑。

大概是那副模樣有別於鳥越的個性十分可愛，讓觀眾全都露出疼惜的笑容，而非出言捉弄或開口嘲笑。

「鳥越跑步的姿勢未免太可愛了吧。」

「沒想到鳥越同學有著如此神奇的反差。」

「那模樣完全勾起我在看見可愛事物時的悸動感……」

我完全能體會大家說的這些感想。

能從鳥越的跑步姿勢看出她其實非常努力，而且那反差的模樣完全無法從她平日裡的態度想像出來。

伏見把碼表遞給氣喘吁吁的鳥越，然後朝著起跑點走去。與此同時，鳥越則往我這裡走來。

「……你剛剛有嘲笑我吧。」

「沒那回事。」

「你騙人。」

「為何我要騙妳？」

「這麼說也對。」鳥越就這麼直接在我身邊坐下。

「其實在我就讀小學時，曾因為跑步姿勢太奇怪而被男生取笑。」

「儘管算不上是正確的跑步姿勢，我覺得很符合妳的風格，所以並無不妥。」

「咦，很符合我的風格？」

伴隨一聲哨音，數名女生朝向我們這邊跑過來。

「不管妳如何掩飾，妳都是個既認真又努力的女孩子。」

「……」

雙手抱膝坐著的鳥越將側臉貼在大腿上，輕聲細語說：

「我不覺得自己是這種人……不過……高森同學你都有注視著我吧。」

在看見那雙望向我的眼眸中隱約透露出笑意之後，我反射性地將臉撇開。

是嗎？我……真有這麼做嗎……？

再度傳來哨聲的同時，不知不覺已輪到姬藍那組測試。

姬藍她果然十分上相。

不光是體育服很適合她，就連她的跑步姿勢和認真的表情都充滿明星的架勢。

「未免也太晃了吧——」

「喂，奉勸你別再說了，要不然會被女生抓去圍毆喔。」

包含曼妙的身材在內，也能聽見其他男生在稱讚姬藍的美貌。

假如上游泳課的話，肯定會引來一大堆人圍觀。

「諒，你跑幾秒？」

游刃有餘地調整呼吸的姬藍，露出一副跩樣走過來。

看來她對自己的成績很有信心。

「我是13秒65。」

「咦……就憑你……!?」

姬藍那姣好的臉蛋因不甘心而眉頭深鎖，從這反應不難看出是我跑得比較快。

「考試成績是我比較高，一百公尺短跑也是我贏，虧姬藍妳起先表現得那麼有自信，結果卻是沒啥了不起。」

「還，還沒結束，接下來還有兩次機會。」

「妳就好好加油吧。」

「等十分鐘後，我就會讓你對自己曾擺出這種臭屁樣感到後悔莫及。」

完全耐不住他人挑釁的姬藍，就這麼氣呼呼地冷哼一聲轉身離去。

「高森同學，原來小姬藍也有這麼魯莽強勢的一面呢。」

「其實是因為我從以前就認識她，所以懂得拿捏在不會當真惹惱她的範圍內挑釁。」

誰叫姬藍至今老是在我面前耀武揚威，才令我一直想找機會回整她。

順帶一提，伏見身輕如燕地飛奔疾走，勇奪女子組之中的第一名。

於是乎，所有人都完成三次一百公尺短跑的計時了。

如我所料，我的最佳成績就是第一次測量，從第二次起便因為體力不足而慘不忍睹。

與姬藍的對決最終是由我勝出，所以她下次得請我吃學生餐廳的布丁。

「對於我的荷包來說，區區一百元布丁完全不會造成絲毫負擔。」

於是她說出上述這種宛如有錢大小姐般輸了還嘴硬的話語。

同學們在下課之後便鳥獸散，我與伏見則得留下來收拾東西。

關於擔任班長的好處，大概就只有容易被記下長相和名字而已吧……

我搬起多個疊好的三角錐，伏見提著裝有碼表的籃子，我們就這麼一起走向體育倉庫。

「會不會重？小諒。」

「是有點，但沒有重到搬不動。」

「因為我拿的東西很輕，感覺有點對不起你。」

「那妳要跟我交換嗎？」

「三角錐就拜託你了～」

「妳還不是沒有想換。」

伏見被我吐槽後輕笑出聲。

「加油加油，小諒加油～」

然後加上節奏像在唱歌似地聲援我。

「妳別唱這種怪歌啦。」

「即使我是在鼓勵你也不行嗎～？」

「用正常點的方式鼓勵就好。」

我咳聲嘆氣地說完後，伏見忍不住被逗笑了。

既然有人幫忙加油，怎麼可能會感到不開心。真要說來，東西也沒重到需要加油的程度。

在走進涼快的體育倉庫之後，我順勢喊了一聲「嘿咻」將三角錐放回原位，並拍了拍自己的手。

「辛苦了。」

「不會。」

我聳了聳肩回應伏見的慰勞。

「啊、對了，我因為按捺不住跑去詢問小靜對於你完成的短片有何感想……」

「然、然後呢？」

難不成她私底下的評語並不一樣——

但鳥越應該不會做出這種事……

不，正所謂女人心海底針，她仍有可能做出口是心非的行為——

伏見看我一臉認真，揚起嘴角露出嬉皮笑臉的表情。

「怎、怎樣啦，妳快說啊。」

「我擔心小諒你聽了會難過……」

鳥越居然說了這種話？她並沒有坦白告訴我感想，而是私下對伏見說嗎……？

我光是聽完這句話就已經大受打擊，看來自己的意志力脆弱到與麥芽糖無異……

「這、這樣啊……」

我感到一陣腳步不穩，搖搖晃晃地坐在角落的老舊跳箱上。

總覺得眼前的世界變成一片灰色。

「哇~哇~沒有啦沒有啦！抱歉，都怪我亂說話。」

伏見看出我的異狀後，連忙繼續把話說下去。

「小靜是大為讚賞喔，說你能在短時間內做到這樣真的很厲害。」

「畢竟鳥越是個好人，可能是為了安慰我才這麼說……」

「小、小諒進入難搞狀態了!?」

嚇得睜大雙眼的伏見走了過來，然後用雙手捧住我的臉頰。

「妳、妳做什麼啦？」

能從手掌中感受到伏見的體溫。

伏見直視著我的雙眼。

「這支影片可是我擔任主演，還由小諒你負責拍攝喔？怎麼可能會不好看嘛。」

她展現出不同於姫藍的強大自信，以及如向日葵般的燦爛笑容。

「只要我和小諒聯手就是天下無敵。」

「這是什麼鬼話啊。」

面對這沒由來的自信，我不由得笑了出來。

「既然小諒你笑了，所以是我贏囉～」

「我不記得有這種比賽。」

伏見笑得雙肩發顫。

陽光從唯一的小窗戶射入室內。大概是基於這個緣故，反而讓位於角落的我們周圍顯得特別陰暗。

這時突然傳來出入口大門被人關上的聲響。

「咦。」

我們不禁同時發出驚呼。

難道是有誰在惡作劇？故意想要整人——

在我準備出聲時，又傳來一股門被上鎖的聲音。

「小諒，剛剛是上鎖的聲響吧……」

「我想應該不會上鎖才對。」

我心驚膽顫地走向大門，以全身的力氣推動把手。

只見門扉發出『卡恰』一聲，完全無法推開。

居、居然鎖門了!?

無論我嘗試幾遍都還是打不開門。

「小諒，門真的打不開嗎……？」

我往後瞄了一眼，發現伏見已經快哭出來了。

「我們被關在這裡了嗎……？」

「好像是。」

「這、這下該怎麼辦～～～～!?會趕不上下一堂課喔～～～～！」

「妳也太乖了吧。只不過是一堂課，妳就死心放棄吧。」

「我們可是正副班長喔！」

「一堂課沒上也無傷大雅啦。」

「嗚……」儘管伏見尚未淚流滿面，雙眼卻猶如即將潰堤的水壩般淚眼汪汪。

她應該有點慌了手腳，我得設法安撫她才行。

因為伏見之前說過喜歡我輕輕撫摸她的背——於是我便付諸實行。

「安啦安啦，下一堂是體育課的學生們會幫忙開門的。」

伏見吸了吸鼻子。

「真……真的嗎……？」

「那當然囉，我不覺得這情況會持續多久。」

很好，伏見已經冷靜下來了。

我小心翼翼地避免摸到胸罩後側的鬆緊帶，繼續撫摸伏見的背。

…………？

總覺得好像根本沒有鬆緊帶耶。

「因為我把手機放在書包裡，這下子沒辦法向外求救了。」

「啊～嗯，就是說啊。」

我目前太在意伏見背部的狀況，於是反射性地隨口回應。

為了確認，我試著慢慢摸，結果發現別說是胸罩，就連其他內襯衣物的觸感也沒有。

難、難不成……伏見她除了體育服以外什麼都沒穿？

我說青梅竹馬啊，妳為何裡面啥都沒穿咧？

「小諒你也沒帶手機過來吧？」

「即使是我，在換上體育服時也不會帶手機的。」

「說得也是。」看著如此反應的伏見，讓我聯想到一隻垂下兩耳的小兔子。

「啊，從那裡呼救或許會有人聽見。」

伏見指著現場唯一的小窗戶。那扇窗戶離地面有兩公尺多又加裝鐵窗，無法讓人從那裡爬出去。

「妳說從那裡呼救……」

校內的地圖隨即浮現在我腦中。

此體育倉庫位於操場角落，附近就只有供人跳遠用的沙地，與校舍或社團大樓都相隔遙遠。除非是準備上體育課的學生或老師，要不然不會有人接近這裡。

「感覺應該不會有人聽見耶。」

「我有個好主意。」

「喔。」

就算對著窗戶大喊，也不會有多少聲音傳到體育倉庫外面。

伏見賣關子地稍微清了清嗓子。

「我們來合體吧。」

「啥!?」

她的表情很認真。

這、這個小妮子是想發出怎樣的聲音傳到外面啊？

「所以妳才沒穿胸罩啊。」

「咦！奇怪!?你怎麼知道!?」

滿臉羞紅的伏見像是想遮住胸部般雙手環胸。

「我在撫摸妳的背時都沒摸到……」

「小諒色瞇瞇！色瞇瞇色瞇瞇色瞇瞇！」

「色的人是妳才對！居然還提議要合體！」

「不、不是啦！我是要你把我扛起來！」

如果是這樣的話就直說啊……

放下心中大石頭的我重重地呼出一口氣。

根據伏見的解釋，此計畫是讓我扛起她，這樣就可以更接近窗戶，讓她能在窗邊呼救。

「確實比起坐以待斃是好多了。」

同意執行計畫的我，雙腿一彎讓伏見坐在我的肩膀上。

「嗚哇！好高！小諒你看！我能摸到天花板喔！」

伏見開心地伸手拍打天花板。

「現在沒空讓妳玩喔。」

「啊、抱歉，畢竟我很重吧。」

「我在意的不是這個……」

我用雙手抓住伏見的膝蓋，至於臉頰兩側自然就是她的大腿。而且說起我家這位青梅竹馬，竟然只因為會妨礙跑步就把體育短褲的褲管一路往上捲。

被迫只能看向前方的我，慢慢地朝著窗戶走去。

「……我說伏見小姐呀，妳應該不會下面也沒穿吧……」

「我、我好歹有穿內褲啦！」

「沒禮貌！」伏見氣得不停用雙手拍我的頭。

「話說妳為啥要把上面那件脫掉啊？」

「我是想說減輕重量能讓自己跑得更快。」

拜託妳別以這麼吹毛求疵的心態，去挑戰區區體育課的一百公尺短跑啦。

就算跑出好成績也沒多少好處。

「這麼說也沒錯啦～」因為伏見的信條是面對任何事情都要全力以赴，所以我即便這麼認為也沒說出口，而是以這句話敷衍過去。

為了確認與窗戶的距離，我稍微仰頭往上瞄，伏見的上半身與她那張認真的神情就這麼映入眼簾。接著我腦中閃過一個想法，假使換成姬藍的話，我應該看不見她的臉才對。

下一秒，伏見伸手抓住鐵窗。

「有人在嗎～～～～～～～～～～!?Help！」
我也跟著呼救的伏見大聲吶喊。
「有人在嗎～～？伏見，有看到人嗎？」
「完全沒有。」
我想也是……
「最糟的情況就是直到社團活動開始前都得被困在這裡。」
「那、那怎麼行嘛。」
「我也不希望變成那樣。」
我忽然覺得好像踩到什麼東西，往腳下一看竟然發現使用過的色色保護措施。
為啥會有這個!?啊、記得出口似乎有講過……
這裡不時會被人當成用來合體的場所。
原來出口說的全都屬實。
若是讓人發現我與伏見被困在這裡——
我用力甩頭把這些想像拋出腦中。
「——有誰聽見嗎～!?」
「暫停！先等一下，伏見！」
「咦，為什麼？」

「目前發生了不太妙的情況。」

「的確是已經很不妙啦。」

「是沒錯啦，但還有更糟糕的事情喔。妳看看這個。」

為了讓伏見看到，我用腳尖踢了一下該物。

「嗯……？小、小諒，你在這種時候做什麼啦！」

「這不是我的啦！」

「今天的小諒好奇怪！感覺一直色瞇瞇的！」

大呼小叫的伏見開始掙扎，害我搖搖晃晃地無法站穩。

「妳這個不穿胸罩的人沒資格說我。」

「但我又不色！」

「就叫妳——別亂動啊！」

我盡可能想穩住身子，無奈還是撐不下去。

「唔喔～～」

「呀啊!?」

我恰好瞥見跳高用的軟墊，於是勉強調整方向倒往該處。

「呼喵……!?」

「妳沒事吧？」

在我開口關心伏見之際，大門隨著一陣解鎖聲被推開。

「諒、姬奈！你們不要緊吧？」

「高森同學、姬奈，你們沒事吧!?」

站在門口的分別是姬藍和鳥越。

門打開了……太好了。

在我終於放心時，只見原本一臉擔憂的兩人臉色越變越難看。

「你們在做什麼……？」

「那還用問，我們被關在這裡啊。」

我鬆手放開伏見的腳。

「高森同學，你剛剛在親吻姬奈的腳嗎？」

「當然沒有！喂，伏見妳也來幫忙解釋。」

我定眼一看，這才發現伏見摔得頭昏眼花。

哎呀呀。

「……」

姬藍和鳥越彼此對視一眼，隨即離開體育倉庫並關門上鎖。

「喂——————!?為啥妳們又把門上!?」

「虧我們那麼擔心你們遲遲沒回教室！結果你們竟然在那邊做好事！」

「我是為了求救才把伏見扛在肩上，後來不小心摔跤啦！」

「你這個變態戀足癖。」

「別幫我亂取綽號！」

於是我隔著一道門拚命解釋，在勉強解開誤會之後兩人才把門打開，我跟伏見才終於脫困。

「姬奈，妳的上半身怎麼只穿一件體育服呢……？」

「那個，這個……啊哈哈……」

因為伏見選擇苦笑帶過，鳥越與姬藍都露出帶刺的眼神射向我。

「只不過受困十多分鐘而已……你這個禽獸。」

「亂脫他人胸罩狂。」

「我什麼都沒做喔……」

多虧伏見在我辯解時幫忙補充說明，才終於順利解開兩人對我的誤解。

兩人表示看我和伏見遲遲沒回教室便前往更衣室，結果發現姬奈的制服還留在櫃子裡，於是擔心地四處尋找我們。

早知道會這樣的話，我就乖乖等待救援別自找麻煩了……

③ 聯絡

這天下午放學返家的我，繼續剪輯校慶用的微電影。

單就影片本身來說，進度已完成七成左右。

負責編曲的同學們也陸續提交完成的背景音樂，並表示這個月內就會完工。

雖說整支影片已剪輯得差不多，但我想還是會針對細部調整或修改。

在我操作筆電時，忽然收到一封網路郵件。

難得看見電腦用的信箱會收到郵件。

該不會是廣告信件之類的吧。

假如裡頭夾帶奇怪的檔案，就別打開直接刪除吧……

如此心想的我點開信箱，發現這封未讀郵件的寄件人是『神央電影公司學生電影大賽主辦單位』。

「……」

至少寄件人是有看過，應該不會是詐騙郵件才對。

該信主旨是『關於您報名參加微電影項目的作品』。

不會吧，難道我在報名上傳時出了什麼紕漏嗎？

莫名有股不祥預感的我，點開郵件閱讀信中的內容。

開頭是一段像我這種高中生平常絕無機會接觸的艱澀招呼語，接下來則是感謝我報名參賽的制式化文章，我稍微瀏覽了一下，似乎並不是提醒我有哪裡違反規定。

在這篇使用諸多冷硬的商業用語，也沒提到『你的作品超有趣喔！』這類感想的文章之中，有一段內容吸引了我的注意。

『您投稿的《青色夏日》獲得特別獎。』

「咳咳！咳咳!?」

咦？害我不小心被口水嗆到。

因為我遲遲沒有靈感，最終隨便亂取的這個標題，就這麼出現在裡面。

「特別獎？收件者確實是我吧？而且這正是我隨便亂下的標題…………」

我暫時將筆電闔上。

接著我從椅子上起身，開始思考這會不會是詐騙郵件。

不過裡頭並沒有出現『請匯款十萬元至指定戶頭——』之類的句子。

那就應該不是詐騙郵件。

「……咦？」

字。

我試著在腦中重新整理一遍獲得的資訊，最終脫口而出的還是只有「咦？」一個

我打開筆電，再次確認郵件內的文章。

『比賽獎金是透過匯款方式發送，回信時請填寫銀行名稱、銀行帳號與戶名等基本資料。』

後面又補上一句『若有任何不清楚的地方歡迎洽詢主辦單位』。

意思是對方反而會匯錢給我……？

特別獎……這獎項的獎金是多少？我用一旁的手機連上官網，裡頭寫著獎金是一萬元。

以自己拍攝的影片換取金錢，此事實帶給我一種不可思議的感覺。

「難不成只有我一人報名嗎？」

我將官網上的內容與郵件文章交叉比對，從頭到尾仔細再看一次。

信中註明此郵件是先行通知，由於官方尚未公布得獎名單，因此直到月底正式公布之前請勿在網路平臺上散布消息。

莫名有種正在隱瞞天大祕密的錯覺。

好想跟人分享這個好消息……

「葛格？我都已經說我回來了！你為何不理我嘛!?」

茉菜氣呼呼地發出劇烈的腳步聲朝著我的房間走來。

「這種時候就該回答『歡迎回來』不是嗎!?」

茉菜不由分說地闖進臥室，並大聲斥責我。

「啊、嗯，歡迎回來。」

「……你怎麼了？感覺你好像怪怪的。」

「葛格我哪裡怪了？都很正常啊，與平時無異。」

「嗯？難不成你在看A片嗎？」大感困惑的茉菜探頭窺視筆電螢幕。

「嗚哇!!妳別偷看啦！」

我抓住茉菜的肩膀想攔阻她，不過她比我想像得更有力氣，輕輕鬆鬆就撥掉我的手。

「咦？咦？葛格，這究竟是……」

茉菜目不轉睛地盯著筆電螢幕。

她看到了嗎？應該是看到了吧。

「關於我之前報名的短片比賽，剛剛收到主辦單位的來信，為求謹慎已有思考過會不會是詐騙……但看完之後應該是真的。」

茉菜掛在肩上的書包滑落在地。

「太驚人了————！超扯的耶————！咦————這叫人如何

冷靜嘛————————！」

茉菜毫不手軟地拍打我的肩膀跟頭。

「痛痛痛。喂，快住手。」

「特別獎耶————！真的是超棒的————————！」

她這次改成抓住我的肩膀，卯足全力地前後搖晃。

「妳也嗨過頭了吧，先冷靜下來。」

「葛格你才別裝酷呢！趕快一起慶祝呀！這是很不得了的壯舉喔！」

「我沒在裝酷！而且也很開心！單純是有點缺乏真實感。」

這把年紀被人如此發自內心地稱讚，害我不好意思地抓了抓頭髮。

「啊。」茉菜像是突然想到什麼，隨即啟動手機的拍照功能，與我合拍一張照片。

「別照相啦。」

「又沒關係，這非常值得紀念呀，我等等就在自己的ＳＮＳ分享這個好消息，讓大家知道我的葛格有多棒。」

茉菜以飛快的指法在ＡＰＰ裡輸入訊息。

「快停下來————！主辦單位目前禁止這麼做喔！」

「咦～這是為什麼～？我只是想炫耀一下自家哥哥而已呀。」

「他們說月底會公布得獎名單，在此之前不得私自在網路上張揚。」

「既然如此，他們大可在公布當天聯絡就好啊。真是莫名其妙～」

雖然我也這麼認為，但我相信普遍都是這麼做吧。話說距離月底還有一週左右，沒多久就要進入十月份了。

「哼哼～我早就知道葛格你是個有才華的人。」

茉菜得意洋洋地挺起胸脯。

「此話當真？」

我不由得笑了出來。

我原以為自己在妹妹心中是個一無是處的大哥，所以總會抱有些許的自卑感，不過這股心情在今天一掃而空了。

「其他人呢？除了我以外還有誰知道嗎？」

「我還沒說，重點是我很猶豫該不該說。」

但與伏見以及鳥越分享這個好消息應該不要緊，她們並沒有像茉菜那樣愛用SNS，同時也不是那種會想立刻把消息散布出去的女生。

「是嗎是嗎～我是第一個呀～呵呵呵。」

感到十分滿意的茉菜，狀似突然想起地問說：

「葛格你會先跟誰說？是靜靜還是小姬奈？」

「大概是伏見吧，畢竟我明天會先見到她。」

「……那你用手機通知一下靜靜就好啦。」

「咦？」

嗯，這麼說也對，反正算不上是什麼非得當面傳達不可的大事。

「葛格你今天想吃什麼？我晚餐就做你想吃的東西。」

「咖哩。」

「好的～」

茉菜將她那偏短的裙子一翻，依然是一身制服打扮就沿著樓梯往下走。由於外頭傳來『卡恰』的聲響，想來是她騎上自行車去添購食材了。

於是我立刻發送訊息給鳥越。

『雖然這件事尚未正式公布。』

我還正在輸入下一句話，發出的訊息就顯示已讀，並隨即收到回覆。

「尚未正式公布？難道是某種東西的發售情報嗎？」

「不是的，關於前陣子報名的短片比賽，我好像得獎了。」

訊息很快就顯示已讀，然後手機就發出來電鈴聲。

是鳥越打來的。

「喂喂。」

「唔唔唔唔喂、喂喂。」

「妳先冷靜點，鳥越。」

『呃、那個，你是想捉弄我嗎？如果是的話，希望你別這麼做。』

「是真的喔，這確實是真的喔。」

我以極其認真的口吻將同一句話重複兩次之後，鳥越才終於相信了。

『就是你找我商量劇本的那支短片嗎？』

「嗯，謝謝妳陪我討論，多虧妳才有機會獲獎。」

『沒有啦，你別這麼說，我相信這是你的才華……這麼形容準沒錯的！』

鳥越罕見地表現得相當興奮。

才華……嗎……真是這樣嗎？

在重溫一陣子與鳥越於暑假期間通話暢談的感覺之後，我提醒完這件事還不能公開至網路上便結束通話。

如此一來，我算是有成功將伏見的魅力凸顯出來吧？

應該是有才對。

這個結果可以算是一種證明……

我在腦中試想過各種原因之後，逐漸能夠接受這個結果。

位於臥室裡的我慢慢地將手緊握成拳。

隔天早上。

由於不停傳來急促的門鈴聲，就連剛要起床的我都被吵醒了。

「這種按門鈴的方式。」

我踩著拖鞋穿過走廊打開大門。

來者一如我所料正是姬藍。

「諒！」

「怎麼啦？一大早就跑來這。」

我說完便打了個哈欠。

「我剛剛在那裡遇見茉菜，然後從她口中聽說了！」

「聽說啥？」

「你拍短片的事情！」

姬藍興奮地說出答案。

茉菜這丫頭……難不成她打算把這件事告訴身邊所有人？晚點得叮囑她一下才行。

「啊～這件事呀。」

「你在裝什麼瀟灑呀！這件事怎麼能如此平淡帶過！」

「我並沒有這個意思，純粹是我才剛起床啦。」

因為現在時間尚早，我的大腦還不能正常運轉。

看來她是在路上巧遇茉菜，得知此事之後就立刻跑來我家了。

「總之，真的很恭喜你。」

「謝啦。」我宛如事不關己地簡單回應。

「啊、小藍也在。」

正準備上學的伏見從姬藍背後探出頭來。

「小諒早。」

「早。」

「姬奈妳聽茉菜說了嗎？」

「聽說什麼？」

姬藍隨即瞄了我一眼，以目光催促我解釋。

「啊～那個～雖然還不能公開——不過我請妳主演的那部短片順利得獎了。」

「……」

伏見聽完，一臉認真地愣住了。

「什麼意思？」

「一如我說的那樣，該短片得了特別獎……謝謝妳願意擔任女主角。」

我把昨天起就一直記在腦中的謝意說出口之後，伏見一把推開姬藍來到我的面前。

「這真是太好了呢！小諒！」

「與其說是我的實力，這也多虧伏見妳喔。」

「不是多虧我，而是你憑實力贏來的。無論是拍攝或趕在報名截止前完成剪輯！全都是靠你自己一個人做到的！可說是努力有了回報喔！」

「就說這並非光靠我一人……」

在我準備提及鳥越之際——

「這是我和小諒你聯手取得的大勝利！」

興奮之情一口氣爆發出來的伏見，就這麼一把抱住我。

「小諒好厲害！真的好厲害！真是太厲害了！」

伏見天真地緊貼著我的胸膛開心歡呼。

不只是茉菜，就連鳥越、姬藍以及伏見在得知這個結果之後都為我感到高興。

光是能看見這個表情，就覺得一切的付出都值得了。

看著她欣喜的模樣，我也感到十分開心。

「妳、妳怎麼——麻煩妳先放手啦——！」

姬藍一把抓住伏見的肩膀，用力將她往後拉。

「妳做什麼啦？小藍，虧我還沉浸在勝利的喜悅之中喔。」

「那也沒必要抱住諒呀！」

姬藍就像裁判強行分開兩名拳擊手一樣，硬是把一隻腳卡進我與伏見之間，然後將身體擠了進來，這才終於把伏見推開。

「稍微抱一下又沒關係，而且小藍妳也獨自給小諒拍攝過不是嗎？」

伏見鬧脾氣地嘟起嘴巴。

「那是我們被賦予的工作。」

姬藍刻意強調工作二字。

她用手整理好頭髮之後，輕輕地冷哼一聲。

瞧她這個反應肯定是想藉機炫耀。

伏見氣到臉頰微微抽搐。

雖說姬藍也差不多，但伏見對姬藍的挑釁同樣是毫無抵抗力⋯⋯

「真要說來是小藍妳的演技很那個，因此除了工作以外根本沒人想拍吧。」

伏見像是想嘲諷似地噗哧一笑。

「真羨慕毫無工作的姬奈妳能這樣虛度光陰呢～哪像我得參加舞臺劇排練又要上學，忙到完全沒時間玩耍。」

伏見氣得咬牙切齒。

「小藍妳的個性也太糟糕了吧！一有機會就想要炫耀！妳這樣可是無法增加粉絲

喔！」

「在講究實力的世界之中，個性這種事是無關緊要的。某隻喪家犬今天也很會吠喔。」

就在兩人宛如小狗般相互對峙之際，這次換成我介入其中。

「妳們要吵去外頭吵——！我可是連一點上學的準備都還沒做喔！」

我把兩人攆出屋子後，一把將大門關上。

仍是一身睡衣的我看了看時鐘，發現寶貴的早晨時光被白白浪費了十分鐘。

我以平常的三倍速完成上學準備，結果門外持續傳來兩人的鬥嘴聲。

這兩人今天也與往常無異。

在上學途中，我叮囑兩人這件事尚未正式公布，現在還不能說出去，於是她們答應會乖乖配合。

話說讓這麼多人知道這件事，假如最後是空歡喜一場該怎麼辦？

就在我每次看見獲獎通知信都會感到一陣興奮，同時疑神疑鬼地擔心這封信會不會是寄錯人的期間，終於迎來了九月三十日。

今天我罕見地起了個大早，並登入官網查詢。

官網的資訊已經更新，公告內有各個比賽項目的獲獎作品和得獎者名字，另外還有評審們對作品的評語。

我以發顫的指頭點選『微電影項目』，開始瀏覽裡面的訊息。

這裡面……有我的名字嗎……？

我很快就發現『高森諒』這個名字。之前收到的獲獎通知信並非誤傳，在特別獎的獎項裡確實有寫上我的名字和作品名稱。除了特別獎以外還有公布冠亞軍，就是包含我在內有另外兩名獲獎者。至於參賽的作品則多達三百件以上。

我心驚膽顫地閱讀評審給出的評語。

『雖以校園為舞臺十分常見，不過本作以獨特的觀點深入挖掘這種平凡日常，讓人在看完之後不禁留下好印象。儘管整體品質還有待加強，但能確實感受到創作者的意圖和品味。』

是、是好評耶。

不過劈頭第一句算是批評。

能確實感受到創作者的品味。

能確實感受到創作者的品味……

能確實感受到創作者的品味……………

烙印於眼中的這段話不斷在大腦裡迴盪著。

我細看後發現評語還有後續。

『女主角的演技十分亮眼，成功彌補作品本身的不足之處。』

以上便是評語的最後一段內容。

果然伏見的演技看在專家眼裡也非常優秀。

甚至讓我不禁想自吹自擂說自己這次的表現是可圈可點。

或許這個獎項就只是矇到的，但至少此次有成功把伏見的魅力拍攝出來。

「……」

結果發現評語裡特地提及演員的就只有我這部作品，其他不論是冠軍或亞軍都沒有寫到這點。

——成功彌補作品本身的不足之處。

我的青梅竹馬可是曾以個人名義參加過舞臺劇的試鏡會，具備足以晉級至最終考核的美貌與能力。

老實說，我不覺得這次報名的其他作品能找到具備如此水準的演員來拍攝。

倘若針對凸顯演員魅力這點來說，我是壓倒性比其他人有利。

由伏見主演既吸睛又容易讓人留下印象，其他作品的演員根本無法相提並論。

假如少了伏見，光靠戲劇社團那種水準的演員來拍攝，我的作品應該就會落選吧。

所以應該獲獎的人不是我……而是伏見才對。

教室內響起熱烈的掌聲。

在今早的班會裡，同學們拍著手為我慶祝。

「那個，謝謝大家……」

因為我不曾像這樣接受表揚，所以感到非常害臊。

「伏見，是妳跑去跟小若說的吧。」

小若在公布今天的聯絡事項時，突然發了一份影印資料給所有同學。紙上印有該電影比賽官網上的公告，也就是宣布我獲獎的那份得獎名單。

「對呀，我看官網上已經公布得獎名單，就覺得一定要把這個好消息告訴大家！」

面對那天真無邪的眼神，我不禁發出一聲嘆息。

「簡直快讓我害羞死了。」

「我相信至今參與過校慶用微電影拍攝的同學們，在得知你的實力以後都會很高興喔。畢竟是有才華的人在幫大家拍片呀～」

或許是這樣沒錯，但還是希望能先讓我做好心理準備再宣布。

……但我並不會特地做出這種炫耀自身功績的行為，感覺應該會一直瞞著不說才對。

「恭喜你啊～阿高！」

出口朝我豎起大拇指，笑嘻嘻地露出潔白的牙齒。

「導演真有一套。」

「想想他在拍攝時做出的指示都十分恰當呢。」

「雖然擔任班長的高森同學沉默寡言，卻給人一種關鍵時刻會好好表現的感覺，這點還挺加分的。」

教室內開始騷動，大家爭相討論著我的事情。

儘管非常令人害臊，但感覺還不賴。

其實我很排斥上課時被老師點名而受人矚目，不過因為現在這種理由得到關注的話，老實說感覺並不壞。

「咳咳～！咳咳～！」伏見突然像在恐嚇般做作地清了清嗓子。

「我可是最清楚小諒他只要肯努力就會大有作為，而且他從以前便是這樣喔。」

「妳未免太遜了吧，居然還藉機強調自己與諒是老交情……」

姬藍大感傻眼地小聲吐槽，但伏見似乎沒有聽見，因此並沒有演變成夾著我互相鬥嘴的情形。

「你跟松田先生說過這件事了嗎？」

「我今天會去打工，就趁這個機會告訴他好了。」

「我建議最好講一下，畢竟松田先生滿賞識你的，我相信他會為你感到高興，搞不好還會嗨到直接親你一下。」

那畫面一瞬間閃過腦中，害我有些反胃地癟了癟嘴，逗得姬藍輕笑出聲。

「不過呀，情況變得相當危急……」

「此話怎說？」

「女同學們望向諒你的眼神，相較於暑假前已截然不同。」

「其實我也有注意到這點。」

也不知伏見是何時跑來偷聽的，只見她從旁加入對話。

她在不知不覺間已戴上眼鏡，裝腔作勢地像個聰明人般深鎖柳眉。

「所謂的導演等同於拍片現場的領袖，當時一直是由小諒負責指揮。更何況優秀的領袖往往都會備受女生歡迎。」

「是嗎？」

無法接受此說詞的我歪過頭去。說起在暑假期間與我有過互動的女生，主要就是伏見、姬藍以及鳥越，至於其他女生就幾乎沒什麼交集了。

「我並非無法體會姬奈說的這番話。依我個人之見，另一個原因是高森同學平常並不顯眼，如今卻毫無隱藏地展現出自己的一技之長……」

「這麼說也很有道理。而且就算小諒是個大木頭，基本上也屬於善解人意的好男生。」

真不知是想酸我還是讚美我，可以麻煩妳擇一嗎？

還有請別當著本人的面前討論這種事情。

「好啦好啦，通通安靜。因為接下來是全校朝會，請大家到體育館集合。」

同學們紛紛起身，推動椅子的聲響此起彼落。

「啊～！高森！你被點名了。」

小若狀似突然想起似地喊住我。

「嗯？被誰點名？」

「校長，他決定在朝會上表揚你獲獎一事。」

「咦————!?」

這件事竟在我不知道的時候鬧得這麼大嗎————!?

意思是從伏見口中得知此事的小若，也在教職員室裡四處散布這個消息吧。

「高森同學優秀的一面即將被大眾發現了……」

鳥越臉色難看地喃喃自語。

「原本只是我鄰座同學的小諒，一舉躍升為校內的風雲人物……居然就這麼狠心地離我而去……」

校內最具知名度的風雲人物可是妳喔，伏見。

姬藍伸手將食指抵在我的胸口上。

「奉勸你務必要牢記自己還只是井底之蛙。」

「唯獨姬藍妳的感想特別嚴厲。」

「沒錯，因為你想志得意滿還稍嫌過早。」

「快走吧。」姬藍先是得意一笑，然後如此催促我。

該說姬藍充滿野心嗎？想想她的上進心不是尋常高中生能與之相較的。

我們抵達體育館後，一如往常地開始全校朝會，校長就像小若所說那樣在臺上點名我，我便老實出聲回應。值得慶幸的是我不必站到講臺上，因為我實在不想上臺承受全校師生射來的視線。

校長簡單介紹一下我報名的比賽，並提及我成功獲獎的消息。

同學們對此並沒有太多反應，就類似班會那樣為我鼓掌。

儘管我成了矚目的焦點，但就如同評語所言這主要是多虧伏見的幫忙，另外陪我商量劇本的鳥越也同樣功不可沒。

假如有人問我是如何獲獎的，我打算清楚說出以上這段話。

朝會結束回到教室後，有幾位其他班或同班的學生跑來跟我聊這件事。

我原以為這情況並不會持續多久，結果是每到下課時間都會有人跑來找我。

「我也一樣很喜歡電影喔。」

一名戲劇社的女生如此說完之後，位於我右側座位上的伏見立刻散發出漆黑無比的強大氣勢。

「但我相信在喜歡的程度上是自己略勝一籌喔～」

妳別一聽見什麼就想拚輸贏啦。

「很明顯又是一個跟風蹭熱度的傢伙。」

「妳不必強調與我是老交情啦。」

妳原本那種八面玲瓏的處事態度已經蕩然無存囉，不要在那邊跟人針鋒相對啦。

大概是氣氛變得很尷尬，女同學先是苦笑以對，不久後便離開了。

接著又有其他女生來找我。

「我都是使用手機來攝影，請問有什麼訣竅能讓影片拍得更好看嗎～？」

此人似乎想瞭解分享於ＳＮＳ上的短片該如何拍攝。

「啊～這沒什麼困難的。」

我當初是為了茉菜才學習影片的剪輯技巧，後來開始對攝影產生興趣。

在我準備回答之際，位於左側座位上的姬藍散發出無比黑暗的強大氣勢。

話說妳跟伏見是來自同一個門派嗎？

「這點小事有必要特地跑來請教諒嗎？明明上網稍微搜尋一下就能找到很多建議啦。」

姬藍毫不掩飾地展現出敵意。

「咦，現在是怎樣？妳的態度很差喔。」

「我只是提出合理的見解。」

為啥妳要擺出一副準備跟人吵架的樣子？

當我想幫忙圓場時，被壞了興致的女同學隨即轉身離去。

忽然耳邊隱約傳來一陣竊笑聲，我扭頭一看，發現鳥越忍俊不禁地笑得渾身顫抖。

「鳥越，既然妳有空在那邊笑，就快來幫忙制止啦。」

「抱歉抱歉，怪不得高森同學你會不受歡迎，這情況簡直就是風神與雷神在擔任你的左右護法。」

位於右側的風神大人一直盯著教室的出入口，仔細確認是否還有其他來訪者。

至於左側的雷神大人則顯得相當煩躁，嘴裡正碎碎念著「理當是我的人氣與知名度都遠在諒之上吧？」諸如此類的話語。

拜託別莫名把矛頭指向我好嗎？

「看著這對銅牆鐵壁，我完全能放心了。」

語畢，鳥越又笑了起來。

取而代之，兩人對於來找我的男生就全數放行。

比方說個性開朗的運動社男生，或是看似很斯文的男同學等等。

「小諒，你就趁此機會多交點朋友吧。」

「妳不要說得那麼大聲啦，會害我很丟臉耶。」

「那個，諒如你所見是個有點內向又自以為很有品味的裝酷男，但他本性並不壞喔！」

「也不要幫忙介紹，這會害我更覺得丟臉。」

重點是這整句話幾乎都是在損我吧。

像這種受人吹捧的生活，應該持續個幾天就會結束吧。

放學後，我與伏見一同走在從學校通往車站的路途上。

本想說手機震動得有點久，取出一看才發現手機螢幕上顯示著一組沒看過的電話號碼。

只知道是透過手機打來的。

我唯一能想到的答案，就是茉菜在學校裡大肆宣揚我得獎的消息，於是國中時期的朋友們在得知之後就打電話來確認。

「抱歉，我接個電話。」

我說完後，伏見回了一個『ＯＫ』的手勢。

「喂喂。」

『你好，我是頂尖廣告代理公司的人，敝姓若槻。』

話筒裡傳來陌生的男性嗓音。難不成是打錯電話了？

「嗯。」

『請問是高森諒先生嗎？』

「是的，我是高森。」

若槻……？誰啊？嗯？總覺得最近在哪看過這個姓氏，而且頂尖廣告代言公司也挺耳熟的。

『先在此恭喜你順利獲獎。至於我是這次有幸負責審查的評審之一——』

啊，記得刊登於官網上的影視和經紀公司裡有出現這個名字。怪不得我會覺得耳熟。

「謝謝。」

至於這位名叫若槻的男評審，印象中是該公司的高層人士。

他找我有什麼事嗎？

難不成是想招聘我？

因為若槻先生看中了我的作品，打算盡早僱用我去擔任影像剪輯師或其他職務——

忽然覺得有點緊張。

我在感到臉頰發燙的同時，發現自己握住手機的指頭正微微發顫。

「請、請問有什麼事嗎……？」

『你的作品拍得非常好。』

因為我還看不透眼下的狀況，於是耐心等待對方把話說下去。

與我保持一小段距離的伏見，露出困惑的表情看著我。她大概從我表情上看出通話對象並不是朋友。

『話說你的作品裡沒有製作人員名單吧。』

「啊、嗯，沒錯。難道說……普遍都要有製作人員名單嗎？」

『無論有沒有都不影響評價，但大多數的作品還是會有。』

話筒裡傳來若槻先生低沉的輕笑聲。

『片中的女主角是你的同學嗎？』

「嗯，是的。」

『其實我是想向你打聽一下這位女孩子——』

若槻先生如此說道。

對此感到有些疑慮的我，決定拿捏在不清楚私人情報的範圍內來回答與伏見有關的問題。

……看來他感興趣的對象並不是我。

若要從我與伏見之中選出一人，答案根本是再明顯不過。

「我會拜託她來主演，就只是因為她有在學習演戲。」

『原來是這樣啊～』若槻先生嗓音低沉地附和著。

而他最終提出了以下請求。

『關於伏見小姐，請問你能代為轉達我想找她嗎？希望你可以把我介紹給她認識。』

「我晚點會跟她說。」我回應完便切斷通話。若槻先生有補上一句說能夠透過這支電話號碼聯絡他。

當我將手機塞回口袋之後，伏見一臉狐疑地提問說：

「小諒，剛剛是誰打來的？」

「啊～……嗯，是比賽的其中一位評審。」

「咦，那、那麼……對方有說什麼嗎!?」

伏見雙眼發亮地追問這件事。

儘管若槻先生的請求必須告訴伏見，但目前並不清楚對方的為人，而且有可能是打著若槻先生的名義詐騙，所以等我確認過真偽再提也不遲。

「他誇說短片拍得很好，也對女主角讚不絕口。」

「喔、喔~~~~~~~~~~~~~~~!我也受到肯定了!」

「好耶!好耶!」伏見稍稍擺出勝利姿勢。

「意思是評審也有誇獎我囉。怎、怎麼辦……?我好興奮呢!」

「我是多虧妳才能夠獲獎,真的很謝謝妳喔。」

伏見發出開朗的笑聲。

「該道謝的人是我才對,謝謝你邀請我擔任主演。正因為你我都很厲害才有辦法得獎喔。」

「如果真是這樣就好了……」

我回想起方才的通話,內心隨即感到一陣苦澀。

「我相信這次的得獎是缺一不可。」

心情好到彷彿要跳起舞來的伏見,踏著輕盈的腳步往前走。

「照這樣下去,等我們在校慶上映影片時肯定會造成轟動喔!」

「事情哪可能如此順利嘛。」

「一定會順利的!」

伏見假裝鬧彆扭地鼓起雙頰。

因為我還得去打工,於是就在月臺上跟伏見道別,搭乘與她不同方向的電車。

「若槻？頂尖廣告代理公司的那位嗎？人家是認識他啦。」
原本在使用指甲剪的松田先生，吹了一下磨好的指甲便瞄向我。
「我今天接到他打來的電話。」
「啥～～？」
松田先生狐疑地瞇起一隻眼睛。
這裡是姬藍所屬經紀公司怒極ＰＡ的社長室，而我正在處理自己的工作，代替松田先生回覆網路信箱內的郵件。
「若槻找寶寶你有什麼事嗎～？」
「其實我之前有報名參加神央電影公司舉辦的短片比賽，並有幸得了特別獎——」
「噗呼!?這、這消息是怎麼回事!?」
「這部分並不重要，而是後續發展有事情想請教松田先生您。」
「先、先先先先先等一下！」
因為我見過太多次這種反應，甚至很想先暫時不理會這樣的對話。
「到時就來慶祝一下吧！順便把小藍華一起找來！」
「謝謝您的好意，但請您先聽我說。」
「你你你你你、你這孩子是怎麼回事啦!?居然還在那邊裝酷！」
「唉唷！」松田先生如此大叫一聲。

在松田先生終於靜下心來能聽我說話之後，我便將先前的通話內容說了出來。

「真令人不爽，竟然把寶寶當成聯絡小伏見的傳話筒。」

對於這句很有男子氣概的發言，我原本有些鬱悶的心情得到些許慰藉。順帶一提，松田先生被稱讚有男子氣概會生氣，但說他是帥哥就沒關係。

「你決定隱瞞這件事嗎？感覺你應該還沒轉達吧？」

「假如對方並非正派的公司，或是為人有問題的話，我是打算隱瞞啦……」

「所以你才先來詢問人家嗎？」

「是的，幸好您一聽就知道我想說什麼。」

我將得到的電話號碼告訴松田先生。

松田先生似乎也有把若槻先生的電話存在手機裡，他一臉不感興趣地看著手機說：

「電話號碼並沒有錯。那人叫做若槻啟治吧？目前是頂尖廣告代理公司的社長。」

松田先生表示可以搜尋看看，於是我鍵入這個名字跟公司名稱做網路搜尋。

找到的網站裡列出了一大票旗下藝人的照片，有許多最近常在廣告或電視劇裡看見的年輕演員、藝人以及模特兒都隸屬於該公司。另一個網頁內則有若槻先生的照片。

「該公司與我們算是同行，不過那裡以一間公司來說尚屬年輕，經營方針也是汲汲營營。」

「那麼，他的身分沒問題囉。」

「至少身分是沒問題啦。」

松田先生從剛才開始的反應就令我頗為在意，能清楚感受出他對若槻先生沒有多少好感。

「其實伏見在多間經紀公司的試鏡會裡碰壁，我想說這是個好機會。而且感覺此人是認同伏見的演技。」

「你直接去詢問小伏見不就好了？至少那裡不是什麼可疑的公司，你大可放心。其餘就交由小伏見自行判斷吧。」

「好的，我會這麼做的。」

「你對這件事有何不滿嗎？」

「咦？」

「因為你表現在臉上了……在此奉勸你一句話，寶寶，所謂的導演是無論再出名終歸是幕後人員，絕無可能比演員搶眼，除非是哪來的巨匠級導演。」

其實我不太清楚松田先生是觀察到什麼才如此有感而發，但他有時就是會說出這類一針見血的建議，害我不知該作何反應，偏偏又確實被他一語道破心事。

說起我想獲得他人認同的渴望，目前都是從松田先生的身上得到滿足或慰藉。

大概是因為他在識人這方面獨具慧眼吧。

「……在接到若槻先生的來電之後，我不禁覺得比起負責構思、拍攝和剪輯的自己，反倒是擔任主演的伏見更受人肯定。」

當我將內心的糾結說出口之後，松田先生嗤之以鼻說：

「你可別太小看專業喔？抱持這類自我矛盾的人不是只有你。另外你大可放心，欣賞你作品的人還是會去關注你的表現。」

被松田先生這麼一說，我的心情有稍稍好轉。

可是伏見在外貌上遠勝過其他參賽作品的演員一事，我相信應該是錯不了的。

「比起這個，得來為你辦個慶祝派對才行喔～」

只見松田先生喜孜孜地在筆記本裡寫下東西。

4 茉菜的畢業出路討論

「茉菜，妳畢業後想讀哪所高中？」

晚飯期間，我邊看電視邊不經意地開口詢問。剛好目前正在播放貼身採訪高中社團活動的節目，讓我能借題發揮。

「嗯～我還在考慮耶。」

仍穿著圍裙的茉菜，手拿飯碗將筷子伸向其中一盤菜。

別看茉菜總是一身辣妹打扮，其實她生性認真、心地善良又很會做菜，而且還十分聰明。

說起我在放暑假前曾看過一次她的成績單，簡直是令人跌破眼鏡，因為她各科的考試平均成績是在八十五分以上。

除了伏見以外，我再也沒看過如此優異的成績了。

「既然妳那麼聰明，要不要去就讀聖女？」

所謂的聖女，是聖陵女子大學附屬高中的簡稱。被茉菜稱為大姊大的篠原正是就讀這所學校。

該校是這附近偏差值最高的高中，每年也有許多應屆學生考上知名大學。

「說起聖女，最神的就是它的制服。」

最神？這應該是最棒的意思吧。

我對女生制服的優劣毫無概念，但聖女的制服是一看就能讓人馬上認出來，與尋常公立學校有著一線之隔。

「的確有女生是因為想穿該校的制服才就讀那裡。」

我瞄了茉菜一眼，發現她聽完沒有多少感觸，一臉淡然地繼續吃飯。

看來制服對她沒啥吸引力。

「我該就讀哪所高中好呢？」

茉菜含著筷子如此低語。

當然是自己心儀的高中啊。話雖如此，或許是選項太多才讓茉菜很猶豫吧。

「葛格你為何選擇目前的高中？」

「因為很近。」

「還真是簡單易懂。」

「對吧？」我笑著說道。老實說我這所高中的偏差值落於平均水準，就算是不擅長念書的我稍微努力一下也能考上。

「那你知道小姬奈為何會就讀那裡嗎？」

「這個嘛……為什麼呢？」

伏見自小學起就一直是成績優異。

感覺應該能像篠原那樣去聖女就讀才對。

該不會是為了成為演員，因此對偏差值太高的學校不感興趣？

「既然葛格提起了這件事，我就順便說一下，其實我們學校今天有舉辦高中說明會。」

「然後呢？」

「聖女那裡有著各式各樣的社團，聽介紹是滿有趣的。」

「那不是很好嗎？」

「……」

茉菜目不轉睛地注視著我，而我則是毫不在意地繼續吃飯。

啊、這難不成就是學校的導覽手冊？

我打開隨手放在桌上的學校導覽手冊。話說回來，當年我也有收到這個。

手冊內能看見身穿制服的女模特兒露出陽光般的笑容，另外還寫有畢業出路、學校活動以及社團活動一覽。

「茉菜，妳上高中之後會參加社團嗎？」

「不參加。」

不參加嗎？那她為啥剛剛要說社團看起來很有趣？

「小姬奈是想跟葛格你就讀同一間學校才選擇那裡。」

「是嗎？」

「是啊。」

說起與鄰居的交流，茉菜肯定是比我積極多了，大概是她從哪得來的情報吧。

「畢竟那所學校離我們家和伏見家都很近嘛。」

話雖如此，距離還是遠到需要搭乘電車才能夠抵達。

我沒有多想地正準備從馬鈴薯燉肉裡夾起一塊馬鈴薯，茉菜彷彿抓準時機般夾住同一塊馬鈴薯。

「這塊原本是我要夾的喔？茉菜小妹妹。」

「葛格你就讀的高中，對我來說也一樣近喔？」

「咦？啊～是啊，畢竟是從家裡通學……」

難道茉菜這麼想吃這塊馬鈴薯嗎？那我就挑別的……

當我正要夾另一道菜時，茉菜又跑來攪亂。

看來她是故意的。

「妳是怎麼了啦？」

「反倒是葛格你為何要這麼說嘛？」

茉菜顯得心情很糟。

「啥……？什麼叫做為何要這麼說？」

「難道我去讀聖女也沒關係嗎？」

這個嘛……是沒關係啦。

「讀私立學校很花錢，而且還得搭乘電車上學，一大早就要去擠沙丁魚。」

「是沒錯啦，但說起搭乘電車上學，來我們學校也一樣吧？」

「如果我遇到痴漢，葛格你也不在意嗎？」

「怎麼可能不在意。話說回來，為啥上學要以遭遇痴漢為前提啊？」

茉菜不發一語地臭著臉咀嚼食物。

因為我親眼目擊過兩次，所以實在無法斷言說不會碰上。

按照茉菜的作風，她肯定會把裙子捲到比迷你裙更短的程度，到時恐怕會比伏見與姬藍更容易遇到痴漢。但以必須搭乘電車通學的學校來說，無論她就讀哪一間都沒有區別。

還是她在擔心家計問題？

「茉菜小妹妹，妳是在生什麼氣啊？」

我用穿著拖鞋的腳輕碰兩下茉菜的腿。

「我才沒有生氣呢。」

會這麼回答的人十之八九是在生氣。

比我早吃飽的茉菜，粗魯地將餐具疊好之後，一端去流理臺就立刻開始清洗。

嗯～這應該是茉菜近來最生氣的一次，依照過往的經驗，現在說什麼大多都會造成火上添油的反效果。

「話說鳥越、伏見和姬藍也在這裡，妳來我們學校應該會比較輕鬆喔。」

倘若這句話也造成反效果的話，我今天就別再多說半個字了。

我戰戰兢兢地把視線往上移，只見正在洗碗的茉菜說了一句「這麼說還算像話」。

儘管沒能切入要點，卻也並非錯得離譜。

「……而且原則上還有我在，妳來念我們學校如何？」

「既然葛格你希望我去，我是不介意啦。」

以這種方式決定升學目標當真沒關係嗎？

「茉菜，關於升學目標，妳應該要好好為將來打算——」

「哇啊啊啊啊啊！葛格你這個大呆瓜！」

茉菜如水壩潰堤般開始破口大罵。

「大呆瓜大呆瓜大呆瓜！我們能在同一所高中的時間就只有短短一年喔!?我理所

當然要和葛格你念同一間學校嘛！」

茉菜火冒三丈地冷哼一聲。

這算得上是理所當然嗎……？

「結果葛格你卻擺出一副『妳去上聖女不就好了』的態度，實在讓我很火大。明明你的戀妹情結不該只有這點程度吧！葛格你就是不夠坦率。」

但我真的只有這點程度啊。至於說我有戀妹情結，我就退讓個一百步勉強承認吧。

「妳別把我塑造成重度妹控啦。」

「葛格你想和成為高中生的我一起上學吧？」

嗯？嗯嗯嗯？

我本想否認，但繼續惹茉菜生氣也挺麻煩的。

「啊～……那個，呃，嗯，是啊……」

「果然是這樣沒錯！」

茉菜彷彿大獲全勝般擺出一副跩樣。

我可是被人半強迫地說出這種話……唉～該不會我在茉菜的心中漸漸變成一個重度妹控啊？

「不管怎麼說，媽媽是希望我去念公立學校，所以我本來就在考慮要跟葛格你就讀同一所學校。」

既然妳這丫頭打從一開始就想這麼做，那剛才的對話又算啥啊？

心情立刻轉好的茉菜，就這麼開心地哼著歌。

5 鳥越的臨時起意

關於高森同學獲獎一事，由於我多少有參與其中，因此是真心為他感到高興。

我本以為高森同學會有些得意忘形，但發現他還是與往常無異。

可是旁人望向高森同學的目光就有所變化了，皆以『此人有兩把刷子』的感覺在看他。

我為何會冒出這種想法，是因為這句話也能套用在自己身上。

儘管我早就知道該短片的劇情，不過僅僅加上女主角姬奈的演技和拍攝手法，儼然變成一部超乎我想像的作品。

大家在得知高森同學擁有這方面的才華後，他就成了班上的風雲人物。其實在暑假拍攝校慶用微電影時就有跡可循，但自從獲獎後更是讓此情形以飛快的速度發酵。

比方說我曾多次看見以往與高森同學毫無接觸的男生，變得會用「導演～」這類稱呼來調侃高森同學。至於女生們則因為教室裡有兩位美少女在高森同學身邊設下天羅地網做牽制，才讓她們無法輕易接近。

而這情形對我來說是非常有利。

理由是像個追星族一樣在得知高森同學的優點才前去親近他，很可能會令他反感。

各科目的指導老師也會在剛開始上課時提及獲獎一事，恭賀高森同學或類似訪談那樣請他分享一些製作祕辛。

高森同學基本上都表現得很淡定，但我覺得他偶爾會在臉上閃過一絲陰鬱的神色。

……也許就只是我的錯覺罷了。

有可能是他已經受夠這類事情而已。

高森同學本就跟我一樣沒什麼朋友，偏好獨自一人安靜地吃午飯，原則上並未抱有任何目標，只想安然度過高中生活……

這樣的他現在竟然一口氣嶄露頭角，如果將此事告訴去年的我，我肯定是說什麼都相信不了。

這令我感到既開心又有些落寞。

我覺得這就類似於原本默默無聞的樂團，突然在一夕之間爆紅的那種感覺。

見對方在不知不覺之間忽然離自己十分遙遠，擅自覺得失落的心情。

我是否也有會想要投入心力的事物呢？

心不在焉地思考著上述事情的我，就這麼邊上課邊用手轉筆。但這種事並非能夠輕易發覺，假如這麼簡單便能知道，大家就不會那麼辛苦了。

時間來到放學後，因為我是今天的值日圖書委員，所以收拾完書包就從座位上起身。至於正副班長今天也感情要好地一起寫著課程日誌。

「小諒～你這個漢字寫錯囉～？」

「哪有，是這樣寫才對。我從以前都是這麼寫喔。」

「唉唷，你別抱持那種奇怪的堅持啦。」

他們今天同樣在打情罵俏，讓我打從心底感到羨慕……

我在前往圖書室的途中將這股鬱悶感拋諸腦後，接著進入櫃檯內側坐在椅子上。圖書委員的工作就只是幫忙處理借書事宜，並把歸還的書本放回指定位置。

由於沒什麼學生會來借書，因此閒得發慌的我一如既往地翻閱書籍。

「真厲害耶～居然能夠得獎。」

兼任圖書管理員的女老師忽然找我聊天。

「啊～……是指短片比賽嗎？」

這位老師應該不知道我與高森同學有著怎樣的關係。

「對呀對呀。其實老師我之前有把自己的小說拿去投稿應徵出版社的新人獎，結果慘遭淘汰。」

「老師有在寫小說嗎？」

「純粹是興趣而已。所以聽說有人參加比賽獲獎，老師我是真心感到非常佩服喔～」

「就是說啊。」

寫小說……

我是否也能辦到呢？

「請問老師是怎麼寫小說的？」

「我是用電腦，不過只是單純打字的話，最近也會使用手機。」

啊、原來如此。我對寫小說的印象仍停留在一般稿紙，想想這麼做也行。莫名有種門檻大幅降低的感覺。

那我也來寫寫看嗎？雖說一開始肯定寫不好，但即使時間不長，我還是有幫校慶用微電影撰寫劇本的經驗，這樣至少有辦法寫出一篇還算能看的文章吧。

「小美小美。」

我一回家便打電話給好閨密。

『嗯～？怎麼了嗎？』

「我想寫小說看看。」

『高諒得獎一事我也聽說囉。看來妳受到他不少刺激呢。』

話筒裡傳來閨密的輕笑聲。

『妳完成之後記得給我欣賞。若內容是崇高到讓人看了覺得死不足惜的BL會更好。』

面對閨密那維持一貫作風的發言，我不禁笑出聲來。

「我還沒想好要寫什麼題材。不過嘛～嗯，完成之後會給妳看的。」

接著我們開始閒聊，互相介紹自己最近看上的漫畫，轉眼間就過了一個小時。

這時小美忽然發出一聲嘆息。

『小靜妳明明是個認真優秀且喜歡BL的好女孩，真不懂高諒他在想什麼。』

「妳這段話裡有一句是多餘的喔？」

由於能感受到高森同學多少有將我視為特別的人，光是這樣就已經讓我很滿足了。

『或許他其實是喜歡男生。』

「我想應該沒這回事，畢竟我在他房間裡有發現色色漫畫。」

『嗯～～難不成高森家有規定不得跟人談戀愛——』

「他又不是哪來的明星。」

我不由得笑出聲來。

『那就很難解釋他目前的反應啦。即便我以第三者的角度來觀察，也覺得這情況很不自然。』

我對此完全贊同。

我們聊到這裡便結束通話。

「高森家禁止談戀愛……？」

我想應該沒這回事，畢竟茉茉的發言不曾透露過這類訊息，甚至偶爾還能感受出她在幫我與高森同學打好關係。

「既然沒有禁止的話……」

該不會是……戀愛恐懼症？

6 家庭科與特色

與兩位青梅竹馬一同前往學校的途中，我將來自若槻先生的好消息傳達給伏見。

「之前擔任短片比賽評審的某公司社長，他在看過妳的演技之後想和妳聯絡，妳覺得呢？」

「我嗎？」

伏見因為這個出乎意料的話題而睜大雙眼，然後像在沉思般喃喃自語重複著「看過我的演技」這段話。

「姬藍，妳有聽說過頂尖廣告代理公司嗎？」

「是有聽過，但對它不熟，不過我是有認識幾名他們家的藝人。」

姬藍表示與對方的交情僅止於在工作現場巧遇時會互相打招呼。

「網路上有該公司的資料，妳有空可以自己看看。」

「唔、嗯，我知道了！」

伏見一臉緊張地取出手機並開始操作。看來她已經等不及了。

「我詢問過松田先生，他說該公司與社長都還算正派。」

「這、這樣啊～！」

如果伏見有意的話，我再把若槻先生的手機號碼告訴她。

話說回來，沒想到我的作品成了伏見踏入演藝界的契機。

「小諒，下次找個機會來慶祝吧！而且是花錢不手軟的那種……！像是去唱卡拉ＯＫ，或是去網咖玩，要不然就叫外送披薩，或者是吃迴轉壽司！」

「喂喂……妳還當真是花錢不手軟耶……我知道了。」

「好耶！」

特別獎的獎金已在日前匯入戶頭，伏見提議的那些我應該都請得起。

畢竟沒有伏見的話，光憑我根本無法獲獎。

「……」

我隨即感受到內心深處隱隱傳來一陣刺痛。

每當這種時候，我都會回想起松田先生曾說過「導演終歸是幕後人員」這句話。

就在這時，我發現姬藍正目不轉睛地窺視著我的臉。

「嗯？有事嗎？」

「諒，你這個週末有空吧？」

「妳少用那麼篤定的語氣來預測我的行程。」

雖說我是真的有空啦。

「週六傍晚有『櫻時』的現場表演，你要不要和我一起去看？」

話說伏見提議的慶功宴是打算何時舉辦？

想藉機轉移話題的我斜眼瞄向伏見。

「慶功宴……真叫人期待呢～……」

只見伏見一臉陶醉地沉浸在幻想裡。

看來她並不打算立刻成行。

「松田先生幫我弄來了兩張入場券，團員們也希望我能去看她們表演。」

平常總是態度強勢的姬藍，眼底似乎蒙上一層陰霾。

櫻時……全名為櫻色時光，是姬藍以前所屬的偶像團體。

姬藍因為身體欠佳而宣布退團，然後便搬回這裡住。她之所以特地約我，大概是提不起勇氣一個人去吧。

或許這感覺就類似於在辭去社團之後，又前去觀摩他們的比賽。

「相信這麼做能幫你轉換心情。」

「既然如此，我就陪妳一塊去吧。」

姬藍隨即眉開眼笑，她卻似乎發現自己有些失態，於是稍微甩了甩頭，換回原本那張淡然的表情得意洋洋說：

「儘管她們仍比不上我，不過每一位都長相甜美，會在臺上載歌載舞地綻放笑容喔。」

「咦？所以呢？」

「就是警告你別自作多情！她們絕不會把你當成戀愛對象。」

「這種事就算沒有妳的警告我也知道啊。」

我大感傻眼地發出嘆息。話說我在姬藍心中到底是怎樣的形象啊。

這天的第三與第四節課是家政課，上課內容是料理實習。

因為是每四人為一組，所以我這組的陣容毫不意外就是兩位青梅竹馬加上鳥越。明明三人只是穿上自己帶來的圍裙，就給人一種很會持家的感覺。

老師將食譜寫在黑板上並解說。

今天所要製作的料理是蒸飯、豬肉味噌湯與燙菠菜，教科書內也有寫明所有食譜和調理步驟。

以菜色而言是中規中矩的日式料理。

「姬奈妳會做菜嗎？」

「感覺應該比小藍妳更會做吧？」

姬藍以十分不屑的態度嗤之以鼻。

「妳也太可笑了吧，竟敢正面跟我嗆聲。」

可笑的是妳才對。

我可沒忘記妳之前來我家做了一鍋洗碗精湯喔？

「她們又在比來比去了。」

鳥越狀似事不關己地低語著。

「鳥越妳屬於會做菜的吧。」

「嗯，姬奈是燉南瓜專用機。」

專用機？想想這句話並沒有說錯。

「看小姬藍很容易自以為是地亂做，所以我應該是這裡面最會做菜的吧。」

這段充滿偏見的論點傳入了兩人耳中。

「小靜，我可不是什麼專用機喔，似乎是時候來證明我傑出的泛用性了。」

妳這丫頭真能做出正常的菜色嗎……？

「靜香同學，看妳的廚藝恐怕只停留在幫忙打雜的水準吧？」

「可是媽媽不在家的時候，就會由我來製作全家人的晚餐喔。」

「「……」」

喔、兩個人都閉嘴了。

大概是這反應令鳥越很高興，只見她略顯得意地揚起嘴角。

「好、好啊！那我們就來一決勝負！」

看伏見做出準備自爆的反應，我便出聲勸阻。

「現在是家政課實習，並非要讓人比賽，讓我們攜手做出指定的菜色吧。」

其他小組已在清洗食材或分配工作。

唯獨我們還在這邊起內訌。

「都被人取笑說自以為是，我豈能選擇忍氣吞聲。看來是時候證明我再如何自以為是，也已達到令專業廚師甘拜下風的水準。」

才怪，這種時候是永遠不會到來的。

「我決定一個人做，妳們二位就儘管去做那種與教科書上一樣的平凡料理吧。」

三人儼然已經開戰。既然眾人之中最具常識和良知的鳥越都決定接受挑戰，那就再也無人可以阻止了。

「這可是以小組為單位攜手完成料理的家政課實習喔？」

「「「……」」」

沒有一人在聽我說話～

默默開戰的三人就這麼一語不發地拿取食材。

假如要比賽，三人分別製作不同料理就無法分出勝負吧。

她們打算做什麼？

我不安地關注著這三人，結果她們很有默契地全拿起菠菜。

……三人都做菠菜？那另外兩道菜怎麼辦……？啊、看來我得製作剩下的料理才行。

由於她們都去製作燙菠菜，我便參照食譜與料理步驟設法完成其他菜色。

明明其他組都和樂融融地互相合作，唯獨我們這裡顯得劍拔弩張。

「姬奈，我想用水，麻煩妳借過。」

「現在不行。」

「靜香同學，妳這樣會妨礙到我開櫃子。」

「妳晚點再來。」

因為三人都以自我為中心，所以完全沒有退讓這個選項。

我在製作料理的同時，稍微偷瞄一下另外三人的情況。

進展最順利的是鳥越，然後依序是姬藍跟伏見。

她們宛如哪來的廚藝對決實境節目那樣默默地做菜。

其他男女混合的小組都是開心笑鬧地洗菜切菜，體驗著能留下青春回憶的家政課實習。

「阿高，你們的工作分配也太極端了吧。」

出口一臉苦笑地找我攀談。

「那三人居然全在做燙菠菜。」

「她們似乎都有不能退讓的堅持，在歷經三雌爭霸之後演變成現在這樣。」

「阿高你還真辛苦耶……」

心生同情的出口稍微幫了我一下。

「你那組不要緊嗎？」

「組員們不是占用流理臺就是霸占瓦斯爐，害我無事可做。」

他似乎是因此才跑來幫我。

「唯獨自己閒閒沒事幹的話，老實說還挺尷尬的。」

「沒錯。」

我在獲得助手之後，做菜效率大幅提升。

我暗中看了一下其中最令人操心的姬藍，發現她有偷偷觀察並模仿其他人的做法。如此一來也算是幫了我一個大忙。

伏見則是戒慎恐懼地切著菠菜，然後拿尺測量每一片切好的菜。她沒把家政課實習誤以為是哪來的化學實驗吧……？

至於鳥越在答應對決之後，便展現出比另外兩人俐落的廚藝。

必須乖乖參照食譜……為了避免出錯，我同樣是謹慎地按部就班完成。

於是我最終有順利完成蒸飯，豬肉味噌湯也做得很好，就只剩下耐心等待三人的成果。

為啥她們能做得比我慢啊？

「完工的組別請自行開動。」

老師說完之後，做好指定菜色的小組紛紛開始用餐。

「完成了！」

姬藍臉上浮現充滿自信的笑容。

說起她的個性，就是屬於從不懷疑自己會出錯的那種人……

而她分裝在小碟子裡的燙菠菜，乍看之下是滿正常的。

「我也做好了。」

繼姬藍之後完工的人是鳥越。她除了稍微慢一點以外，我對成品的味道以及其他方面都不太操心。

「妳、妳們怎麼都做好了……!?我看妳們沒好好做吧！」

伏見將認真的態度用錯了地方，看這進度似乎還得再花點時間。

「姬奈，做菜也要講究速度喔？如果做太慢反而會令食材受損。」

姬藍如此說道。

「我是否有好好做，等妳嘗過之後再挑剔也不遲。」

鳥越說得很有道理。

等到伏見做完時，有一些組別甚至已經吃完飯了，而且再過不久就是午休時間。完成的燙菠菜一共有三份。三人為了易於區分，各自選用不同顏色的小碟子來裝菜。

烏越選用白色，姬藍是選用深藍色，伏見則是選用淡藍色。

話說伏見使用的器皿……根本就是茶杯吧。

其實在伏見裝菜時，烏越和姬藍都略顯在意地不斷偷瞄，但最終都沒有提出指正。

大概是因為正在比賽，所以她們都避免做出有利於對手的舉動。

「明明伏見同學做得那麼仔細……無奈天分有些偏頗。」

在旁觀摩的出口低語說出我們的心聲。另外他在不知不覺間表現出一副跟我們同組的樣子，並拿了張椅子過來坐。

「好啦好啦，大家快就座吧～」

雖說由伏見負責主持，偏偏她手裡拿的是茶杯……

「小諒，你也快合掌吧。」

儘管是我被人提醒，但那肯定是茶杯吧……

伏見在裝菜的途中都不覺得有哪裡很奇怪嗎……？

因為多了一人，所以我們五個人在說完開動之後，便開始品嘗做好的料理。

由於蒸飯與豬肉味噌湯都有按照食譜製作，因此做得還不錯。

「阿高你做的豬肉味噌湯真好喝。」

「對吧。」

三名女生彷彿互相牽制似地看著彼此手中的那盤菜。

「就由諒來擔任評審吧。畢竟他平常吃慣了茉菜做的料理，理當有培養出正常的味覺才對。」

「也對，小諒拜託你囉，就由你來為這場鬥爭畫下句點！」

「好啦好啦。」

首先從茶杯那道吃起……

當我入口的瞬間，立刻感受到一股無比強烈的砂糖甜味。

「唔……我、我說伏見小姐呀，妳在裡面加了什麼……？」

「小諒你喜歡吃甜的吧？像你在吃燉南瓜那次就是。」

「別、別把食材原本的甘味跟砂糖混為一談！」

「味、味道有很奇怪嗎……？」

因為我知道伏見很努力在做菜，所以盡可能想幫她圓場，無奈嘴裡擠不出任何話來。

「只要是出自美少女之手就足夠了！味道怎樣都不重要。」

出口你這番話乍聽之下是在圓場，但實際上是把對方批評得一無是處喔？

他隨即吃了一口。

「啊……抱歉，伏見同學，這道菜完全不行。另外妳用茶杯裝菜也很奇怪。」

唉~這件事還是被人點出來了！

「哪、哪有奇怪！」

「是很怪喔，姬奈。」

「沒錯，是很怪。」

一連受到多次打擊的伏見，就這麼環抱雙腿坐在椅子上鬧彆扭。

「又不是完全不能吃……而且用這個裝菜也一點都不奇怪……」

接下來輪到姬藍，她一臉跩樣地端起碟子開始解說。

「為了讓各位品嘗到食材的美味，我可是拿捏在五分熟。」

少把那種唯獨肉品才適用的論調套用進來。

所以這是五分熟？

我吃了一口，嘴裡傳來脆嫩的口感和草味。

……姬藍，妳真有煮過這菠菜嗎？

想想她剛有說過「做菜也要講究速度」這句話吧。

這、這個小妮子根本搞錯講究速度的意思了……！

「我做了很多，想再吃可以儘管說。」

就算妳笑容滿面地這麼說，我也不想再吃第二口了。

「小藍……噗噗噗，這根本是生的吧。妳自以為是地耍帥表示這是五分熟，但這就是沒煮熟嘛。」

伏見立刻抓準機會反嗆。

「做出砂糖燙菠菜的人沒資格說我。」

出口看完我的反應後是選擇跳過不吃。

「喂，出口，你剛剛有說光是出自美少女之手就足夠了吧？所以你快來吃，真要說來是快幫忙吃。」

再這樣下去會演變成全得由我一個人吃。

「抱歉，阿高，那都是場面話，全是一派胡言，無法入口的東西就是無法入口。」

出口搖頭嚴詞否定自己先前的言論，取而代之是把我做的料理吃光後，甚至還再添一碗。

看來我的料理在出口心中勇奪第一……

最後是品嘗鳥越做的燙菠菜。

……嗯，這就是平凡到不知該如何點評的那種。雖說各方面都毫無問題，偏偏又沒有任何值得一提的優點。

出口看見負責試毒的我陷入沉默，於是跟著吃了一口，然後伸手指向鳥越說：

「這場比賽由鳥越女士拿下優勝。」

「嗯，我也沒有異議。」

平常總是面無表情的鳥越，因為心中的喜悅而露出微笑。

「過獎了。」

下課鐘聲響起後，不知從哪聽說今日有兩位美少女下廚的男學生們都聞風而來。

伏見和姬藍便把剩下的菠菜分裝請大家吃，但也不知這群人從哪看出苗頭不對，只見他們連一口都沒吃，在笑著婉拒之後就立刻逃離現場。

真是一群危機迴避能力優異的混帳……

在稍晚做清理作業的時候，鳥越才炫耀說：

「姬奈跟小姬藍在廚藝方面都是小菜雞呢。」

「純粹是我今天狀態不佳，如果妳以為這樣就贏過我的話是言之過早。」

妳的問題根本就不是出在狀態好嗎？

「對呀，小靜，下次再比應該是我會贏喔。」

妳的這份自信是從哪來的啊？

到頭來還是茉菜做的料理最好吃，不過拿她們去跟茉菜比較好像有點可憐。

⑦ 現場表演、餐會、真相

我在當天放學時，將若槻先生的電話號碼和信箱告知伏見。

「因為我沒有與對方當面交談過，所以不太清楚他的為人。」

「別這麼說，謝謝你喔，我會聯絡看看的。」

若槻先生表示假如不敢直接打電話聯絡，也可以透過訊息交談，於是寄了一封內附信箱網址的簡訊給我。

伏見神色緊張地將顯示於我手機螢幕上的聯絡方式拍下照片。

「祝妳順利。」

「嗯，但有時也會發生實際見面後『與想像中有所落差』的情況……」

我多少能理解伏見為何會緊張。

原因是她參加這類試鏡會至今都是鎩羽而歸，截至目前沒出現過對方主動接觸的情形。

因此這算是她的大好機會。

「安啦，他是看了妳的演技才打電話過來，這在演藝界中就表示希望妳務必去他的公司對吧？」

「是、是嗎？」

伏見露出一個五味雜陳的笑容。

我個人認為除非若槻先生改變主意，要不然這情況與其說是不知能否進入公司的面試，不如說是在確認伏見的意願，但根據伏見至今的經驗，她會擔心也是實屬正常。

「我覺得妳不必擔心是否會惹對方不悅，只要妳能夠保持平常心，我相信妳是不會搞砸的。」

「真、真的嗎～？」

因為繼續讚美就會過於浮誇，所以我沒有再多說什麼。

當天晚上——

伏見以訊息向我報告『我們約好這個週六出去見面！』。

我隨手點了個適當的貼圖當作回應。

如此一來，伏見應該會進入演藝圈吧。

當我一想到這件事即將成真後，心中還是莫名出現一股落寞感。

「姬藍，妳參加試鏡時會經常碰壁嗎？」

這天是星期六，我和姬藍在鬧區的咖啡廳裡喝下午茶。

由於現場演唱會是傍晚才開始，因此我們在開始前先找個地方打發時間。

「你是指成為偶像歌手嗎？」

配合秋季穿搭的姬藍，造型既成熟又落落大方。

「嗯，諸如此類的試鏡會。」

姬藍喝了一口咖啡歐蕾後，斬釘截鐵地說：

「我從以前到現在都不曾落選過。」

想想在電視節目裡，經常能看見藝人分享試鏡失利飽受挫折的橋段。

「……真的嗎？」

「嗯，包含這次參加的舞臺劇試鏡會在內，僅限於我實際前去參加類似面試的甄選。」

難道姬藍比我想像中更有一套嗎……!?

明明就連伏見都受挫過那麼多次。

「我之所以會加入松田先生的公司，就是被他的誠意與人品給打動。」

意思是有多間經紀公司邀請過姬藍囉。

怪不得她會變得這麼有自信。

於是我跟她提起若槻先生想挖角伏見一事。

「他為何會看上姬奈？」

「應該是因為欣賞過她的演技吧？」

姬藍略顯猶豫地將視線落於桌面，毫不諱言地說：

「無論是外貌或演技，老實說像姬奈那種程度的女生隨處可見。」

「大概是若槻先生從伏見身上看出某種可能性吧。」

「喔……」

其實松田先生也說過類似的感想，但姬藍的反應不是很好。

可能是看在業界人士的眼中，這不是什麼罕見的情形吧。

「說起演技，姬藍妳在這之後演技有變好嗎？」

「這你就問對人了。」姬藍抬頭挺胸地得意一笑。

「成長後的小藍我可不是蓋的喔？舞臺劇公演第一天你絕對要來看喔。相信你看完之後，就會忍不住說『唉～早知道當時就和小藍接吻了～』。」

這是在模仿我嗎？我在姬藍眼中是這副德行嗎？

「假如我真的這樣，妳打算怎麼辦？」

我開玩笑地反問回去，姬藍似乎萬萬沒料到我會這麼回應，十分詫異地眨了眨眼睛。

「假、假如你真的這樣——隨、隨你想接吻或怎樣都行！」

姬藍面紅耳赤地喊了出來，音量之大隨即引來旁人的側目。

「妳太大聲了啦。」

縱使我提醒姬藍冷靜點，仍沒能成功安撫她。

「畢、畢竟我都賦予你一次接吻的機會了，你、你想用的話，大、大可儘管拿來用啊。」

對吼，我都忘了這檔事。

「等你看完我的表演，肯定會驚豔到腿軟的。」

「就算腿軟也無妨，反正我到時是坐在椅子上。」

姬藍被我吐槽後，露出沒了興致的樣子說：

「你這個人吼……還真是從不脫離自身的領域，相對也絕不介入他人的領域。」

我隱約能聽出此話的含意。

想必是在數落我從來沒有表現出與戀愛有關的舉動。

「所以也讓人覺得與你相處十分自在。」

姬藍宛如自言自語地如此呢喃，接著用高跟鞋的鞋尖頂了頂我的運動鞋。

「既然當事人都同意了，你大可坦率接受不是嗎？」

姬藍以挑逗的眼神直盯著我。

「問題是我也得做好覺悟等心理準備啊。」

「果然是因為那個嗎？」

「咦？妳是指哪個？」

「當我沒說。」姬藍搖頭回應我的反問。

「松田先生為了慶祝你獲獎，似乎有預約一間還挺高檔的餐廳喔。」

根據姬藍所言，等看完現場表演後就會去那裡用餐。

姬藍將手機螢幕展示在我的面前。顯示於畫面內的餐廳官網，一看就不是高中生有能力去消費的餐廳。

「這件事我是有先跟茉菜提過……」

姬藍依序觀察我的髮型、身體到桌子底下的雙腳，接著對我輕輕一笑。看著那張直率的笑容，我不禁回想起昔日的她而心頭一震。

「嗯！重新檢查一次還是覺得你看起來很體面。」

「妳有跟茉菜提過……？啊、怪不得她今天對於我的衣著與髮型特別挑剔。」

我身穿襯衫，外面又多加一件深色調的夾克，在受到茉菜讚許「葛格這樣真帥氣」之後才得以出門。

按照此餐廳的氛圍，我穿著平常的便服過來確實會格格不入。

聽說演唱會的現場並沒有座位，我以這身打扮前往當真不要緊嗎？

「我們被安排在業界人士的座位區，不必身處於粉絲之中跟人互擠。」

姬藍似乎看出我的顧慮，立刻幫忙解惑。

因為時間差不多了，我們便離開咖啡廳。為了避免被人認出來，姬藍戴上一副墨鏡。這模樣看在熟知她身分的我眼裡，反而覺得戴墨鏡才更加招搖。

「我還是第一次從旁人的角度欣賞現場表演，現在心情莫名緊張……」

「妳其實是有點不好意思與昔日的團員們見面吧？」

「剛開始的確是如此，不過按照松田先生的說法，團員們都為我的康復以及復出一事感到高興，純粹是我在胡思亂想。」

姬藍曾說自己給團員們造成困擾，但這似乎是她自己想太多，對方並沒有這麼認為。

隨著我們接近會場，沿途隨處可見準備參加演唱會的支持者們。

這些人不是包包上掛有該團體的精品吊飾，就是穿著演唱會獨賣T恤等等，讓人一眼便能認出來。至於販售本日演唱會相關精品的臨時攤位附近更是人滿為患。

當我們一走進會場的後臺，這裡的工作人員們都跑來向姬藍打招呼。

「好久不見」、「過得還好嗎？」、「妳是第一次以觀眾的角度來這裡吧」——工作人員們紛紛來與姬藍聊天。

在其中一位工作人員的帶領之下，我們來到三樓的貴賓包廂。現場大約只有十張座位，我們找了個最角落的位子坐下。向下望去，能看見室內擠滿了一般觀眾。根據導覽手冊所述，此處最多能容納兩百人。

「以『櫻時』的演唱會來說，這規模算是比較大的。」

前成員在旁如此解說。

「松田先生不來這裡嗎？」

「因為他是經紀人，目前應該正待在後臺那裡指揮坐鎮。」

啊～這麼說也對。

接著照明轉暗，演唱會正式開始。現場以快節奏的歌曲揭開序幕，只見諸多螢光棒在一片昏暗之中同時揮舞起來。

姬藍隨著歌曲輕輕哼唱，並搭配雙手的動作扭動脖子。

「請不要一直盯著我看。」

歌曲結束後，姬藍害羞地如此抗議。

「就只是沒想到妳會反射性地跟著歌曲做出動作。話說妳今天為何要約我一起來？」

我起先以為姬藍是因為退團的緣故，不好意思獨自一人來露臉，但實際觀察過後發現並非如此，另外我也不覺得姬藍會顧慮這麼多。

「……其實是看你有點無精打采。」

「是嗎？」

「是的，關於挖角一事，姬奈是因為太興奮了才沒注意到你的異狀，但不難看出你聊到此事時比往常更加沉默寡言。」

儘管我對此並沒有自覺，但確實有跡可循。

「難得看妳會關心別人耶。」

「你是把我想成什麼樣子了？」

姬藍用手肘頂了我一下。

「不就是藍華大人嗎？」

她白了我一眼並嘟起嘴巴。

「不對，是你的青梅竹馬。」

「想想姬藍的確也是青梅竹馬。」我不由得回以苦笑。

團員們在舞臺上一連表演了好幾首歌，曲目中間有主持人幫忙熱場，長達兩小時的現場表演至此終於落幕。

會場內播放著歌曲的配樂，觀眾便在樂曲的環繞之下逐漸散場。

「感想如何？」

「真精采，現場表演果然就是充滿魄力。」

姬藍做作地輕咳一聲說：

「我原本也是其中一員喔。」

「像這樣近距離欣賞過後，我能理解粉絲們為何會這麼支持了。」

「早知道你會這麼說……即使只有一次也好，我以前應該寄張入場券給你才對……」

姬藍注視著舞臺輕聲呢喃。

「我可能會對舞臺上的藍華心動也說不定。」

之前欣賞現場演唱會的影片時就有這種感覺了，姬藍她擁有迷倒觀眾的魅力。

「咦？咦？你剛剛說什麼？」

在我準備起身離開座位之際，姬藍伸手拉住我的袖子。

「走吧。」

「不行！請你看著我的眼睛再說一次，要不然我不會放你走的。」

「我剛剛說能夠理解粉絲們願意支持的心情。」

「你才不是這麼說呢，明明你剛才是說會對藍華心動。」

「所以妳有聽見啊。另外妳有點斷章取義，我是說有可能而已……」

就在這時，我忽然聞到來自姬藍身上的香水味。

當我如此心想之際，姬藍已用嘴脣輕輕觸碰我的臉頰。

「…………！」

雖然這裡有些昏暗，我還是能看出姬藍雙頰泛紅，接著她把手帕當成扇子替自己搧風，迅速從座位上起身。

她剛剛……親了我……嗎？

「你、你在做什麼？快走囉。」

姬藍像是想逃離我似地邁開腳步。

「姬藍，出口不在那裡喔。」

「唔。」

姬藍隨即轉身，快步沿著階梯往下走。我則是尾隨在後，一同順著原路離開會場。

「結束後是可以去休息室與其他團員打招呼，不過我今天沒準備任何伴手禮，所以就先不去吧。」

以上是姬藍給出的解釋。

接著她以熟悉的動作攔下計程車，在被問到目的地時，我們再度確認過地址便告訴司機。

往前行駛的計程車內寂靜無聲，姬藍對方才那件事並未多說什麼。

既然如此，我也別多問什麼吧。

在我打定主意時，姬藍以細如蚊蚋的嗓音說：

「剛剛那是………那是一場意外。」

「啊～嗯。」我就只能這般敷衍應對。

「我現在稍稍理解姬奈會如此主動的原因了……這都怪諒你不好。」

姬藍用小指勾住我的手。

「瞧你總是無動於衷。」

從語調中可以聽出姬藍指的不是身體方面。

就在這時，我的腦中突然閃過一種感覺。

是某種被迷霧覆蓋住，既深沉又黑暗的感覺。

這感覺瞬間遍布全身，害我的身心都無法動彈。

「至少我認為這是自己最坦率的想法。」

「那怎麼可能……」

「怎麼可能什麼？」

姬藍一臉想捉弄人般斜眼瞄向我，嚇得我像是想投降似地連忙舉起雙手，她便被我逗得噴笑出聲。

「你不必懷疑我是表裡不一。」

表裡不一──

我並沒有這個──

不，或許是我下意識這麼做吧……？

計程車在我陷入思緒的期間停了下來，我們付完車資便下車。

這裡是餐廳的正門。

我們通過兩側放有不知名觀賞植物的出入口，於昏暗的店內能看見多組情侶正在用餐，並以紅酒舉杯慶祝。

「應該有位名叫松田的先生訂好位了。」

我對前來服務的店員說完後，對方先請我稍待片刻，接著就帶我走進位於深處的包廂。

我與姬藍並肩坐在沙發區，姬藍狀似不太習慣地東張西望。話說這就是她的可愛之處。

店內的裝潢與擺飾都顯得非常成熟，令我有種走錯地方，不太靜得下來的感覺。

松田先生怎麼還不快來……

姬藍忽然發出一聲驚呼。

「怎麼了？」

「松田先生說他會晚點來，叫我們自己先點餐。」

姬藍將手機畫面拿給我看，裡頭有著以下內容並添加表情符號的訊息。

『這頓就由人家請客，你們想吃什麼儘管點～記得順便幫人家跟寶寶說一聲喔☆』

由於這間餐廳看起來價位不低，因此看完訊息後讓我稍稍放心了。

「……其實現場演唱會結束後總會很忙，就是因為預約這麼近的時間才會變成這樣。」

姬藍忍不住低聲抱怨。

因為松田先生過了一段時間仍然沒來，於是我們找來服務生點了兩杯飲料和幾道頗令人好奇的料理。

分別是沙拉、義大利麵與披薩。

很快就看見比我所知高出一倍價錢的料理端上桌來。

我與姬藍以用不慣的刀叉開始享用餐點，同時隨口閒聊著。

「這些料理真好吃呢。」

姬藍把義大利麵送入嘴裡，一臉幸福地瞇起雙眼。

然後喝了一大口裝在高腳杯裡的琥珀色飲料。

服務生曾介紹過的那杯飲料叫什麼啊？只記得叫做很類似中二病的絕招名稱。

「啊~真美味。」

「那應該不是酒吧？」

「這是無酒精雞尾酒。」

那就好……嗎？

「這些與茉菜做的料理相比，你喜歡哪種？」

「這些吧。」

「啊～！你可終於老實招了！看我這就去跟茉菜告狀！」

「不行啦！妳別打小報告！」

這樣我一回家除了會被揍飛以外，還會有段時間沒飯吃。

姬藍似乎是在故意鬧我，只見她笑了出來。

「妳那杯真的無酒精嗎？」

「那你也來喝喝看不就好了～？」

姬藍的語調越變越詭異。

她在不知不覺間已經摟住我的手，並接近到彼此肩膀貼在一起的距離。

因為她把高腳杯遞到我的嘴邊，我便稍微喝了一口。

……完全沒有酒味，嘗起來是有著些許氣泡的碳酸果汁。

「話說妳靠太近了啦。」

「畢竟其他組客人也都這樣呀。」

在我們走進這裡之前有稍微瞄了一眼其他包廂，能看見裡頭的男女朋友倚靠著彼此，正在享受一段甜蜜時光。

「反倒是沒這麼做才更令人覺得不好意思。」

「妳這是什麼歪理啊。」

姬藍喊住經過的服務生，又點了一杯名稱很長的飲料。

她看準這頓是由松田先生請客後就不斷點餐。

飲料送上桌後，姬藍將手中那杯一口飲盡並交給服務生。

整個人靠在我身上的姬藍，就像一隻無尾熊那樣緊緊摟住我的手。

「……我沒聽說會那麼做……」

「那麼做？做什麼？」

「我演的舞臺劇決定追加吻戲。」

「是、是嗎？」

「導演和松田先生在確認後……都同意了。」

「這樣啊。」

「我、我不想讓人覺得自己還沒有獻出初吻。」

「妳少在那種奇怪的地方跟人較勁啦。」

「因為我被其他小妞給看扁了。」

什麼小妞，明明劇組裡最年輕的小妞就是妳吧。

不過姬藍這個人就是心高氣傲，所以也頗符合她的作風啦。

「總之，我不確定這場吻戲是否得真的接吻，為了練習……我決定現在就要跟你接吻。」

「妳、等、這是哪門子的宣言啊!?」

不同於慌了手腳的我，姬藍的眼神是非常認真。

「你對我來說是最剛好的練習對象。」

「一點都不好，而且我們……還在餐廳裡喔。」

「這裡的服務生是沒有通知就不會進來，同時也沒有會跑來偷窺的低級奧客。」

「問題不在這裡吧。」

「你討厭我嗎？」

以往總是充滿自信的姬藍，此刻眼中寫滿不安。

「呃，並沒有那回事。」

「——雖說你可能沒有自覺……」

姬藍以此為開場白，接著把話說下去。

「就由小藍女神我來解開你心中的束縛。」

「妳在說什麼啊……？束縛？我看妳真的是喝醉了。」

姬藍像是突然全身放鬆似地輕笑出聲。

「我沒醉，更何況我也說過那是無酒精飲料。雖然我曾批評姬奈是個狡猾的女生……不過像這樣利用氣氛以及藉口讓你產生『就算接吻也是莫可奈何』的錯覺，想想我也一樣挺狡猾的。對於我這種討喜的小手段，希望你別太計較。」

姬藍在我耳邊細語後，將手搭在我的肩膀上，並慢慢把臉靠上來。

那張紅潤臉龐上的櫻花色水嫩豐唇，正輕輕貼在我的嘴唇上。

能看見我的臉倒映於姬藍那意亂情迷的眼眸裡。

她像是確認般以手指輕撫自己的唇瓣後，隨即轉身背對我。

「……早、早知道就先刷好牙齒……再這麼做……」

「我也是……」

我也一樣沒有多餘的時間先做好這些準備。

由於事出突然，大腦仍是昏沉沉地無法正常運作。

「你不是第一次對吧？」

「…………嗯。」

「我只不過是想套話！結果你就直接上當了！」

姬藍輕輕地給了我一巴掌。

「會痛耶!!」

「你這個花心大蘿蔔！怎麼可以擅自跟人接吻嘛！反、反正肯定是姬奈對吧!?」

「妳這句話是什麼意思啊。」

雖然她並沒有猜錯。

「明明你都答應過會先吻我的……哼！你這個花心鬼！」

姬藍氣得朝我的腳踩了好幾下。

儘管是滿痛的，但只要能讓她消氣的話就盡量踩吧……

「你、你們親過幾次？」

「一次而已，加上那次就只是一時衝動……」

「是嗎？一次而已呀。」

姬藍狀似願意接受這個說詞地點點頭。

「所以不是一有感覺就在那邊亂親囉。」

「嗯，沒錯。」

「雖說還是很令人火大，但既然這樣就原諒你吧。」

幸好有獲得女神的諒解。

「話說我這次是……那個，就只是在練習，因為練習對象剛好就在眼前才這麼做的。」

姬藍彷彿早就將理由想好般，一臉淡然地以流利的口吻如此說著。

「妳就別拿我來練習啦……」

「那你是希望我跟其他男生親親嗎？小藍我的嘴脣可沒有那麼廉價。」

「我又不是這個意思。」

只見姬藍笑得花枝亂顫。

她後來的心情莫名亢奮，除了話變多以外，也不斷在享受飲品和菜餚。

大概是想藉此掩飾接吻的害臊吧。

姬藍忽然歪著小腦袋瓜，探頭窺視著我的臉說：

「假如我說還想再練習一次，你打算怎麼辦？」

「拿一個布偶給妳。」

「唉唷～你這個人還真是不坦率耶～」

姬藍心花怒放地再次將身體靠向我。

◆伏見姬奈◆

我換上小茉菜幫忙挑選的衣服，獨自來到頂尖廣告代理公司。

原因是若槻先生表示想和我見上一面。

感覺應該不會出現那種他在看完那部短片之後，就很想邀請我進入公司的那種好事。

「唔唔唔……好緊張喔……」

此公司位於一棟大廈內，我再度確認過樓層，進入電梯便按下二十五樓的按鈕。

小諒和小藍今天去約會了。

聽他們說是看完現場演唱會之後就一起去吃飯。雖然我也想跟去，但無奈飯局與這場會談在時間上產生衝突，所以就算頗為在意，我還是只能預祝他們玩得開心。

不知兩人目前在做什麼？

因為小藍個性倔強，相信她不會採取太主動的攻勢……

我下電梯後，根據路標指示沿著走廊前進，然後推開一扇應該是該公司入口的門扉。

裡面有幾位穿著便服的女性，她們都位於電腦前正在打字。

大家都穿得非常時髦，感覺有精心打扮過。

「打、打擾了……我是伏見……姬奈……」

其中一位小姐注意到我。

「是伏見小姐嗎？若槻有提過妳會來，請往這邊。」

「好、好的，麻發妮……」

小姐見我緊張到咬舌頭，不禁輕輕地笑了一聲。

她帶我走進狀似會客室的房間內，並請我坐在沙發上。

「若槻應該很快就會回來了，妳放輕鬆稍待片刻。」

「啊、是。」

在我全身緊繃地耐心等待的這段期間，不禁開始回想昨晚自己於腦中模擬今日會面臨的各種問題。

但心情還是難以平復下來，想到的問題很快又消失了。

既然是擔任電影比賽評審的社長，應該不是什麼奇怪的人吧……

『我希望妳成為AV女優。』

如果對方這麼提議該怎麼辦？就直接說我不想從事那類工作趕緊離開吧。

我坐立難安地等了二十分鐘左右，忽然響起一陣敲門聲，令我反射性地挺直腰桿。

「讓妳久等了。」

一名身穿時髦西裝、年紀不到三十五歲的男子走了進來，而他最讓人印象深刻的地方是低沉的嗓音以及很有造型的鬍子。

「妳好，我是若槻。」

我連忙起身鞠躬行禮。

「妮妮妮妮、您好，我是伏見姬奈。」

好羞人喔，我又非常明顯地咬舌頭了。

「坐吧坐吧。妳不必那麼緊張，我又不會把妳抓去吃了。」

「是。」我重新就座。

我們互相自我介紹並稍微小聊幾句，當我稍微放鬆時便進入正題。

「所以姬奈美眉妳想走演戲這條路囉。」

「是、是的，至於上臺表演的經驗也只有一次而已……」

在我說出該戲導演的名字之後，若槻先生做出似曾聽過的反應。

「喔～是他啊……可是以演員出道的話，以現實面而言有些困難，很抱歉我可能無法實現妳的需求。至於難處是我可以推薦妳去參加試鏡會，卻不太可能幫妳爭取到戲分較重的角色。」

「這樣啊。」我沮喪地垂下肩膀。若槻先生緊接著向我解釋原因。

若要飾演高中生之類的角色，老實說會優先選擇年紀二十出頭的女性，像我這種年紀反倒略顯不上不下，至於年紀更輕的角色則會以童星出身的演員為主，我在經歷上是毫無勝算。

「一開始的時候，妳大概只能飾演沒有任何臺詞的女同學A這類跑龍套角色。」

「就、就、就算這樣也沒關係。」

儘管有些氣餒，但這些都在預料之中，我早就知道剛入行是絕無可能飾演女主角。

「這是指當妳加入本公司之後的情形。假如其他公司可以透過不同的方式讓妳出道，我認為那樣對妳來說或許會更好。」

若有這種經紀公司，我想自己早就已經加入了。

每次參加面試時都得被迫接受無理的要求，甚至有公司會做泳裝審核，然後被評審大叔仔細打量自己的容貌、胸部以及雙腿等等……必須承受這種令人很不舒服的視線。

「話說姬奈美眉呀，令堂現在怎樣呢？」

我對母親的兒時回憶突然湧上心頭。

「我的母親……嗎？現在怎樣是指……？」

「妳跟母親要好嗎？」

「我們幾乎沒有聯絡……最多就只有在我生日時會收到生日禮物……」

「原來如此～蘆原聰美小姐在我年輕時是非常受歡迎的女演員，即便進入這個業界後也滿常聽見她的名字。雖然她已鮮少擔任女主角，卻仍是個很有存在感的演員。」

我只知道這個人是我的母親，由於她在我小時候就離開家，導致我對她沒什麼印象，就連她參演的作品也沒看過，因此就算聽人稱讚身為演員的她很優秀，老實說我一點感覺都沒有。

「她到現在還能有工作，其中一個原因應該是她所屬經紀公司是目前的業界龍頭。」

「我與媽媽並沒有任何關係。」

我直截了當地說出這句話。自己唯一受母親影響的就只有血緣，所以並不想聽人聊到這些。

「意思是妳與令堂的關係今後也不太可能改善嗎？」

「應該是吧。媽媽給我的感覺就是經常忙於工作，並沒有特別關心我。」

即使我當真加入演藝圈，感覺媽媽也只會把我當成有過一面之緣的路人罷了。

「呼～……原來實際情形是這樣呀……那還真是太可惜了。」

若槻先生輕聲說出這句話。

可惜……？

「很抱歉耽誤妳這麼多時間，那我先失陪了。」

若槻先生立刻從座位上起身。

「咦？」

從頭到尾無論是我的演技哪裡優秀，或是該怎麼做才可以進入公司，甚至連相關條件都隻字未提……

難道若槻先生看上的是我母親，並沒有將我的演技或我本身放入眼中？

既然他剛剛提及業界龍頭這句話，難道他是打算利用我與該公司建立關係嗎……？

「請、請問！關於讓我加入公司……這件事……」

我按捺不住提問之後，若槻先生似乎已對我失去興致，以十分冷漠的語調解釋說：

「聽我說，姬奈美眉，這個業界其實非常狹隘，我早已聽說妳多次在經紀公司的徵選會裡落選，而妳會落選自有其道理。反之若是一名充滿吸引力的女生，即便本身有缺點，無論到哪都依然會錄取。」

無論到哪都依然會錄取……我率先聯想到的人就是小藍。

「既然妳應徵過七間公司都毫無下文，就表示在現場擔任評審的經紀人或社長，全都沒有從妳身上看出一絲亮眼的要素。」

面對突然被人擺在眼前的現實，我一句話都說不出來，取而代之是淚水在眼眶裡打轉。

這種事我自然是心知肚明。

「我也能理解這是個光鮮亮麗的業界……所以妳才對演藝圈感興趣吧？」

「那個……是的。」

「我可以幫妳介紹其他公司的社長，不過到時多少會碰上一些必須『忍耐』的事情——」

是那種眼神。

是那種陰溼又令人反感的眼神。

那種眼神正在仔細打量我的容貌、眼睛、腰部、大腿以及雙腳。

光是像這樣承受，我就覺得自己心中某種非常重要的事物正被不斷消磨。

「如果妳真想加入本公司，就必須學會『忍耐』。畢竟一無是處的女孩子若想得到提拔，勢必得抱持更強烈的企圖心。」

我差點失控罵人，於是緊咬自己的下脣。

也有可能是因為再這樣下去，我會忍不住哽咽哭泣。

我從座位上起身後，鞠躬行禮完便步出會客室。

眼淚不斷湧現出來。

這個人根本沒在關注我。

他之所以與我接觸，純粹是看上我媽媽。

並且很清楚我多次在徵選會裡落選才提出那種要求。

對於這殘酷的現實，我感到既不甘又窩囊，同時被淚水模糊了視線。

◆高森諒◆

「松田先生說他晚點會再過來幫忙付錢。」

透過手機聯繫完的姬藍如此說明。

想想我和姬藍無所顧忌地亂點一通，不知總金額最終是多少？感覺肯定有超過一萬元。

根據姬藍所言，因為松田先生是這裡的常客，所以享有能晚點再來結帳的特權。

松田先生果真挺帥氣的，居然是這種高級餐廳的常客。儘管是一位男大姊。

「我去個廁所。」

「那我在外面等你。」

姬藍先一步走出餐廳，我提心吊膽地目送她離去，幸好服務生並沒有誤以為我們打算吃霸王餐。

在我前往廁所的途中，其中一間包廂內傳來女性和男性那一高一低的笑聲。

「咦~雖然我只有稍微瞄一眼，但那女生看起來很可愛呀~」

「長相確實是好看，卻沒有達到值得提拔的水準。」

這股低沉的嗓音……總覺得最近在哪聽過。

「既然社長你都說不值得提拔了，為何還把對方找來公司呢？」

女人發出竊笑聲。

這反應彷彿早就知道此笑話會有怎樣的結局。

「必須讓愛做夢的少女認清現實呀。」

「社長你好壞喔～」

儘管字面上是在指責男性的發言，不過語調聽起來並沒有真心這麼認為。

「我有看見她在哭喔～？所以你曾在會面時欺負她吧。」

「沒那回事，而且她並沒有在我的面前哭。」

對於這熟悉的嗓音和對話內容，我不由得停下腳步偷聽。原因是我漸漸有了頭緒。

可愛的女生、熟悉的低沉嗓音、會面……

他們說的人根本就是伏見。換言之，這股男性的嗓音肯定就是若槻先生。

「虧我還想說能跟蘆原聰美以及她待的公司攀上關係，結果卻令人失望。」

蘆原聰美是伏見母親的名字。

換言之——這傢伙單純是看上人脈才把伏見找去。

「那麼，你沒有收她入公司嗎？」

「這就得看她的答覆了。我同意幫忙介紹其他公司或收她進來，但這些自然都不是免費的，我要求說必須付出相應的『體力勞動』才行。」

「嗚哇~你真低級~」

「妳也很清楚這件事並不能套用在所有藝人身上，而這就是祈求對方來公司與並非如此之人的差別。反正這種事隨妳想怎麼說——我先失陪一下。」

他們剛剛提到伏見哭了。

說起伏見有多麼期待今天的會面，我可是再清楚不過。

相較於興趣使然才開始拍片的我，伏見一心成為演員的夢想沉重多了。像她在暑假期間就因為多次面試受挫而心灰意冷，甚至差點迷失自我。

本以為自己的演技終於得到肯定，讓她對於今天的會談可是一連興奮了好幾天——

一想到伏見的心情，我就懊惱得握緊雙拳，並使勁地咬緊牙根。

一名男子從比我們所在包廂更加高檔、狀似ＶＩＰ室的房間走了出來。肯定是這傢伙沒錯。

此人身穿高級西裝，手上還戴著一只應該要價不菲的手錶。

看他應該正準備去廁所。

男子見我佇立在昏暗的走廊上，露出狐疑的眼神瞄了一眼便穿過我身旁。

「那個，這位先生。」

我喊住若槻先生，並將手搭在他的肩膀上，但我反射性地使出更多力氣拉住他。

「嗯？」

當若槻先生語氣不悅地準備轉過身來時——

我一拳朝他臉上揮過去。

伴隨一陣硬物碰撞的聲響，我發現自己好像有點打偏了。

「噗呼……！」

若槻先生先身形搖晃，接著一屁股跌坐在地。

拳頭好痛，另外不知為何雙腿正在發抖。一段時間後，我急促的呼吸才慢慢緩和下來。

至於若槻先生似乎比起痛覺反而受到更多驚嚇，只見他就這麼倒在地上，用手扶著臉頰不知所措。

「咦、呃、咦……？你、呃、你誰啊？」

我在揍完人的下個瞬間便恢復冷靜。

我到底在幹麼啊？

雖然我想找若槻先生理論，可是在松田先生常來的這間店裡惹出更多騷動實在不妥。

於是我沒有回答若槻先生的問題，快步走出餐廳。

而我跟姬藍一樣並未被服務生攔阻。

「你怎麼了？諒。」

等在餐廳外的姬藍憂心忡忡地看著我。

「妳為何這麼問？」

「因為你的表情好可怕……」

「什麼事都沒有。」

「走吧。」我如此催促後，姬藍設法讓我慢慢鬆開握緊的拳頭。

已注意到我不太對勁的姬藍，不可能會相信我的說詞。

我們不發一語地前往車站，途中姬藍再度出言關心。

「你怎麼了？那個～是廁所裡有太多人排隊，所以你正在憋尿嗎……？」

也不知她是在說笑還是認真問我，不過這順利化解我心中的怨氣。

「那個，與上廁所並沒有任何關係……」

「那你發生了什麼事呢？」

我深呼吸一口氣，粗略解釋完剛才的事情經過。

「……你說頂尖廣告代理公司的社長剛好也在那間餐廳裡？」

姬藍皺眉將厭惡感直接表現在臉上。

「總之因為這樣……我不小心意氣用事了。」

她聽完不由得眨了眨眼睛。

我看她肯定會說『這真不像是你的作風』、『難得看你發脾氣呢』之類的感想。

至少我也是這麼認為。

「誰叫你這個人是性情與外表相反還滿有正義感的，難免會演變成這種情況……」

姬藍不知為何居然釋懷了。

而且完全沒對我動手打人一事做出譴責。

「畢竟我們重逢時，你還想從痴漢的手中拯救我，所以你擁有比常人更強烈的俠義心腸吧。」

「是嗎？但這是我第一次打人喔。」

「也算是個不錯的經驗吧。」

姬藍滿不在乎地說著，甚至給人一種值得表揚的感覺。

「你對此有何感想？」

「手好痛，早知道就不揍人了。」

「這感想真符合你的風格呢。」

抵達車站後，我們搭乘電車回到離家最近的車站。

「那個……」

我們從搭車到現在都不曾交談過，此刻率先打破沉默的人是姬藍。

「如果換成是我遭遇這種事情，你會採取相同的舉動嗎？」

「咦～……這很難說耶。」

畢竟事出突然，我也不敢掛保證。離開車站的我們走在昏暗的歸途上，漆黑的夜空反而讓星星顯得更為美麗。

「假如我站在姬奈的立場上，得知你為了我做出這種事情，我肯定會心頭小鹿亂撞到做出傻事。」

「傻事？」

姬藍發出嘆息，白了我一眼說：

「只有白目中的白目才會追問這種事。」

「抱歉嘛，瞧妳說得那麼含糊，害我有點在意啊。」

此時，我們來到通往伏見家的岔路上。

「妳要去看看伏見嗎？」

姬藍搖頭拒絕了我的邀請。

「畢竟我是姬奈的對手，所以我不能去。就算我安慰她，也只會變成流於形式的說詞，原因是我無法理解淘汰者的心情。」

她將心底話說了出來。

或許聽在伏見耳裡真會如此認為吧。

「好吧，那先拜拜啦。謝謝妳今天邀請我，我玩得很開心。」

「你太客氣了，我、我也一樣……玩得很開心……」

姬藍抬頭望著我靦腆一笑，小聲說完後就轉身離去。

道別完再走兩分鐘便抵達伏見家，此時來應門的人是伏見的祖母。

「啊～你是高森家的。」

「祖母好，請問伏見……姬奈同學她在家嗎？」

「這個嘛～她到現在還沒回來，雖說打電話是有聯絡上，但也不知這孩子跑哪去了……」

伏見還沒回家？

都這麼晚了，她果然因為今天的事情感到很沮喪吧。

「好的，我也會幫忙找找看。」

「是嗎？謝謝你喔。」

我點頭致意完便離開伏見家。

伏見到底跑哪去了？既然能聯絡上她，表示她並沒有失蹤，就只是不知去了哪裡。

我不覺得她在會面結束後還在街上遊蕩。

也不太可能去找人玩。

別看她很有人氣，其實朋友並不多。

儘管她在學校裡經常和許多人聊天，但說到會私下約出去玩的人，候補僅有我和鳥越，再不然就是姬藍，老實說她的交友對象就只有這點人而已。

我努力搜尋伏見可能會去的地方，最終來到舉辦過夏日祭典的林蔭道路上，然後在路邊其中一張長椅上發現一道人影。

「……伏見？」

我出聲呼喚，結果真被我找到了。

「啊、小諒，你怎麼在這裡？」

「居然還問我？這是我想問的喔，妳怎麼會跑來這種地方？」

「因為我在發呆。」

伏見拍了拍她旁邊的空位，於是我便乖乖就座。

「我今天不是去面試嗎……？話說我有一件事非得跟你道歉不可。」

「跟我道歉？」

雖說我有許多事情必須向伏見道歉，不過反過來的情況就相當罕見了。

相信伏見在這場會面裡聽到許多過分的話，但她在這件事上並不需要跟我道歉……

「我居然沒有注意到你的感受，只慶幸自己能得到賞識。不過啊，那部短片獲獎的最大功臣就是小諒你喔。」

「原來是指這件事啊。」

原本全身緊繃的我鬆了一口氣。

「這件事很重要喔。畢竟我像是把你當成了墊腳石……感覺真的很差勁。」

如此反省的伏見，一直低頭注視著自己的腳尖。

「其實我對此事是有產生過自我懷疑，但問我是否想成為電影導演，我也無法馬上回答出來，反觀伏見妳就不一樣吧。」

我的確也想獲得他人的認同，可是見識過伏見的覺悟、熱忱以及努力之後，對於收到經紀公司的聯絡是真心為她感到高興。

反倒是我才必須向伏見道歉。

都怪我介紹那種人給她認識。

「我在今天終於完全明白，來電的若槻先生並不是看上我，而是想與我媽媽還有媽媽的經紀公司攀上關係。」

那傢伙居然還對伏見說出這種話。

「這樣啊。」我如此簡短回應。

伏見表現得莫名開朗，想避免我為她操心，但這樣反倒更令我擔憂。

「若槻先生並不是看上我的演技，甚至根本就沒在關注我，讓我不禁聯想到小諒你是不是也有相同的感受。」

「我的事情就別提了。」

我很想出言安慰，卻遲遲說不出任何話來。伏見原本就在試鏡會裡接連受挫，偏偏又碰上這種事。畢竟是經紀公司的社長特地來聯絡自己，這種情況除了覺得自己有機會以外是不疑有他。

妳就去松田先生的公司，別再意氣用事了——我最終還是沒把這句話脫口說出。想必伏見目前最排斥的就是靠關係找工作。

「他說想加入是可以，不過……」

「沒關係，妳不必再說下去了。」

這與我不經意聽到的內容完全一致。

開口說話的伏見已語帶哭腔。

「明明都多虧你邀請我擔任主演，讓我有機會被公司看上，結果就這麼無疾而終……」

「妳不必顧慮我，我也不覺得妳這是平白錯失一個機會。」

我認為姬藍對伏見的影響很大。

畢竟有個從事演藝工作的兒時玩伴就近在身邊，而且還與對方在競爭舞臺劇主角一事上以渺小的差距落敗，這哪有人會不放在心上。

後來又在各經紀公司的徵選會裡接連受挫，怎麼可能不心生焦慮。

「鮮少有當紅演員是從高中生時就非常活躍，而姬藍單純是當過偶像歌手才會快速崛起，我覺得妳不必將此事放在心上。」

看著開始啜泣的伏見，我輕輕拍著她的背。

「抱歉……對不起喔，小諒，我老是給你添麻煩……」

「別這麼說，經常給人添麻煩的是我才對。」

等到伏見的心情稍微平復之後，我便建議她先跟家人聯絡。伏見隨即打電話給父親，並告知說有我陪在身邊。

如今已是深夜，日期就快進入隔天了。

「你今天是和小藍一起出門吧。」

伏見不悅地嘟起嘴巴。

「你們玩得開心嗎？有盡興嗎？明明我都遭人殘忍對待的說～」

「畢竟任誰都沒猜到事情會變成這樣。」

「看小諒你似乎玩得挺高興……你應該沒被小藍的巨乳給迷惑吧？」

伏見柳眉深鎖，擺出一張充滿惡意的臭臉。

「不論是否玩得高興都與胸部無關。」

「你們有談情說愛吧？」

「並沒有。」

「你騙人。」

「咦？」

「因為你身上有小藍的香水味……」

接著伏見從座位上起身，撇下我獨自往前走。

「小藍對你來說是位很特別的人。」

這句話說得平淡，聽起來卻像是在生氣。

但姬藍對妳而言也是很特別的人吧——想這麼回嘴的我快步追上伏見。

「我要回家了！你別跟來！」

「妳先前的哀傷是跑哪去了？我送妳回去吧，至少也要目送妳到家。」

「唉唷～～～！不跟你說了！」

伏見像個孩子一樣鼓起雙頰，狀似想逃離我地加快腳步。

「一生氣就走很快，妳是哪來的小鬼啊……」

「小諒你才是什～～～麼都不懂的臭小鬼！」

「妳別生氣嘛。」

「我沒在生氣啦。」

儘管伏見嘴上這麼說，卻擺出一副氣呼呼的模樣，腳步聲也比平時來得重。

「本以為妳會沮喪到幾乎無法振作……」

結果伏見比我想像中更有精神，即便她正在氣頭上，但至少能稍稍放心了。
「你是來惹怒我的嗎?那你已經成功了。」
「才不是咧，我是想來鼓勵妳……」
再繼續說下去，就會讓伏見發現我早就知道她心情沮喪。
但事實證明是我想太多了。
「好啊，那你就來鼓勵我吧。」
「唔、嗯?」
被伏見這麼要求，我反而不知該怎麼做了。
「那個……加油，妳沒問題的！天無絕人之路！耐心等待下次機會！趕緊振作起來吧。」
我像個運動社成員那樣拍了拍手幫伏見打氣。
「總覺得好像哪裡不對。」
伏見先是歪過頭去，接著輕笑出聲。
「我就暫且饒過你吧。雖然你像是被小藍做過記號似地滿身都是她的氣味，但我還是當作有得到鼓舞吧。」
看來她對這件事還是怨氣頗深……
我送伏見到她家門口後，我們便互相揮手道別。

若是她能因此打起精神就好了。

就算聽伏見親口說完今天的遭遇，我還是無法原諒那傢伙。

⑧ 遭遇

「昨天真的很不好意思喔～」
在開車前往工作地點的途中，松田先生以一如往常的悠哉口吻向我道歉。
「不會的，畢竟您當時應該十分忙碌，請別放在心上。」
「用別人的錢吃晚餐感覺如何？」
「那家店的料理都非常美味。」
「那真是太好了。」
我沒有一絲諷刺之意地表示很滿意那間餐廳之後，松田先生是打從心底感到開心。
「現在要去哪裡呢？」
「攝影棚。還記得『櫻時』在昨天的現場演唱會上發表新歌嗎～？今天要拍攝這首歌的MV，想說你應該會感興趣～」
說起拍片現場究竟是什麼模樣，我確實挺好奇的。

「寶寶，四名團員之中哪位最符合你的喜好？」

一想到姬藍曾是團員之一，我就不禁覺得她的存在感硬是比其他人高出一階。

「每位團員都既帥氣又可愛，若真要挑出一個實在讓人很猶豫。」

「唉唷~你這答案也太八面玲瓏了吧~」

松田先生不由得笑出聲來。

車程約莫三十分鐘便抵達攝影棚，在收下工作人員的通行證後，我隨即掛在脖子上。

「那個，我要幫忙做什麼事嗎？」

「你待在一旁觀摩就好。」

我讓警衛檢查完通行證並穿過狹窄的入口之後，推開上頭看板寫有『第三攝影棚』的門扉走入其中。

在一片昏暗之中，能看見多名成年人正在調整照明或確認吊臂攝影機的運作等來回奔波。

現場能看見已經準備好的小道具與相關器材。

「那人家先去跟工作人員們打聲招呼，你就自行參觀吧。」

我還來不及回應，松田先生已前去與監督現場準備情況的西裝中年男子交談。依照我隱約聽見的隻字片語，對方應該是唱片公司的人。

松田先生說櫻色時光是小眾偶像團體。至於知名與小眾的區分方式，聽說是根據所屬的唱片公司。

『知名偶像團體也有其辛苦之處喔～』我還記得松田先生曾經這麼抱怨過。想必姬藍也曾像這樣參加過攝影。

包含現場表演在內，當聚光燈打在身上時，多少能讓人增加自信也說不定。是昨天在臺上表演的那些女生。松田先生也與她們稍微小聊幾句。

我試著把昨晚巧遇的若槻先生拿來跟松田先生做比較。

因為松田先生是對男性感興趣，所以不會在收人入公司時附加奇怪的條件。想想這樣也滿令人安心的。

我對毆打若槻先生一事並沒有感到後悔，甚至還想再多賞對方兩拳，但今後我應該不會再見到他了。

在完成化妝與服裝的最終檢查之後，四人便隨著播放的歌曲翩翩起舞，不過途中會暫停歌曲確認影像，並從暫停的地方繼續拍攝，以上步驟重複三十分鐘左右便會穿插休息時間。

儘管是拍攝小眾偶像團體的ＭＶ，但工作人員少說也有二十名，而且每個人都有各自負責的工作。

（拍攝現場真是太厲害了～）我忍不住冒出這種與小學生沒兩樣的感想。

後方傳來多人出入攝影棚的聲響，我回頭一看發現若槻先生居然是其中一人。

呃，他、他怎麼會出現在這裡？

糟糕，與他對上視線了。

「啊——你是昨天那傢伙！」

被發現了。

若槻先生身穿不同於昨天的昂貴西裝，手上還戴著一枚俗氣的戒指。

……也不知是不是覺得疼，臉頰上還有一塊貼布。

他大搖大擺地走了過來。

「你是哪根蔥啊!?竟敢那樣突然揍人！總之你快道歉！先向我賠罪！畢竟你可是犯了傷害罪喔!?」

一想到伏見竟因為這種人而燃起一縷希望，我就為她感到難過與懊惱，無法輕饒對方的情緒再度湧上心頭。

「……應該道歉的人並不是我。」

我能感受到自己的心跳不斷加快，另外因為血液衝進大腦的緣故，總覺得視野逐漸染成紅色。

「啥!?你在講誰啊!?話說你是誰家的員工？」

若槐先生用力推了我一把，但我挺住身子沒有與他拉開距離。

我盡可能地想保持冷靜，但很可惜就是辦不到。

「我已經聽說你的事情了！你竟然看準女孩子在現實中的困境，提出若是想進入演藝界就得出賣肉體的卑劣條件——！」

「這跟你有啥關係!?」

若槐先生揪住我的衣領，我也反過來揪住他那條鬆垮垮的領帶。

「因為你弄哭的人就是我的青梅竹馬！所以怎會毫無關係！」

周遭的人此時也注意到我們引發的騷動。

「哎呀哎呀，發生了什麼事呀～？寶寶。」

松田先生以毫無一絲緊張感的語調呼喚我。

與此同時，其他大人也將我和若槐先生拉開來。

「松田先生，這混帳居然對伏見說若想進公司就必須先賣身——簡直是下三濫的要求。」

若槐先生其實是看上伏見的母親，對伏見的演技根本不屑一顧——包含這點在內，我是絕對饒不了他。

「松田先生，原來他是你家的小鬼！這小子昨晚忽然動手打我，你現在是打算如何了結此事!?」

「這樣啊～」

松田先生的語氣聽起來莫名像在幸災樂禍。

「這得怪你自己不好吧？誰叫你對努力追逐夢想的女孩子提出這種條件。對吧～？」

松田先生並未想得到他人支持地說著。

「這種事無論在哪或多或少都會發生啊！」

「我的公司就不會呀。」

「那是因為你的癖好不一樣！」

原來松田先生的癖好幾乎是眾所周知——以上感想瞬間閃過我的腦海。

「當初聽寶寶提到你時，我就有股不祥的預感呢～」

松田先生一臉無奈地發出嘆息。

「畢竟關於你下面那顆臭蛋蛋的傳言，我從很早以前就耳聞了。」

臭蛋蛋……

「我是有聽說你會來這裡觀摩做為參考，結果卻演變成現在這樣。」

松田先生彷彿事不關己地輕笑出聲。

「但還是不能訴諸暴力喔，寶寶。」

「壞壞。」松田先生稍微訓斥了我，不過除此之外就沒有再做出其他譴責，並未對我做處分或追究責任。

「讓我揍這個小鬼一拳。」

「討厭，你真野蠻。」

「要不然就是下跪磕頭！跪下來向我道歉！只要這小鬼或是你磕頭道歉，我就不追究此事。」

若槻先生仍不斷大聲叫罵，松田先生突然換上一道銳利的眼神。

「雖然人家經常提醒說要小心邪惡的大人，但有件事到現在都沒跟人提過……」

語畢，松田先生斜眼瞄向其中一名團員，這位長頭髮的團員在眾人的注視之下小聲說：

「我在國一時曾去參加頂尖廣告代理公司的徵選會……這個人也對我說過必須賣身才可以進入公司。」

「想必你對許多人都提過類似的要求，所以早就不記得了吧。」

「……………」

若槻先生陷入一陣漫長的沉默之後終於開口。

「我、我對這種事一點印象都沒有！」

「你這個社會的敗類……死蘿莉控就該處以極刑。」

「你少在那邊胡說八道！」

我反駁怒吼的若槻先生說：

「大家都有聽見你剛剛說『這種事無論在哪或多或少都會發生』。」

還想狡辯的若槻先生被堵得啞口無言。

「人家是不介意去跟雜誌爆料喔？相信受害者不會少於十幾二十人吧。」

「……！」

松田先生伸手指向地板。

「只要你肯磕頭道歉，人家就原諒你。」

「唔……葛惡啊啊啊啊……！」

他應該是想說『可惡』吧。

若槻先生咬牙切齒惡狠狠地瞪著松田先生，接著他用力掙脫拉住自己的其他人，然後往前一步跪趴在地。

「我已經跪下了，希望你大人不記小人過。」

「你不覺得自己的頭抬太高了嗎？」

松田先生揚起嘴角，露出一個與反派無異的邪惡笑容。

搞得我都快分不清誰才是惡人了。

「你不想求饒也行，反正人家還有事要忙呢。」

「唔……」

於是乎，若槻先生把頭貼近地板。

「真的是……非常抱歉。」

對於受害的女孩子們來說，只憑這點道歉還是無法輕易原諒，但至少有讓我一吐心中的怨氣。

與松田先生對視的我稍微點了個頭，明白我意思的松田先生便拍了拍手說：

「好啦好啦，休息到此結束～大家繼續開工。」

原本劍拔弩張的攝影棚馬上恢復生氣。等我再次注意若槻先生時，發現他人已經不見了。

看來他沒厚顏無恥到還有辦法繼續觀摩。

接著又過了兩個小時左右，拍攝終於宣告結束。

松田先生似乎想瞭解詳情，因此我們在這之後來到咖啡廳，而我也被迫回答各種問題。

「喔～若槻也會去那間餐廳嗎？那他下次撞見人家肯定會先落跑吧。」

松田先生滿心歡喜地發出竊笑聲。

「不過嘛～人家好意外你是屬於會一怒為紅顏的那種人呢。」

「我確實不是這種人，那也是我第一次動手打人……平常完全不會這麼做。」

「這足以證明你非常珍視小伏見不是嗎～？」

啊～……原來如此。

本想說這舉動一點都不符合自己的作風，但在被松田先生提點之後便釋懷了。

正如我對烏越抱有不同於其他人的情感，伏見在我心中的分量同樣有別於其他人——

「畢竟……她是我的青梅竹馬，我對她的努力以及心情都相當清楚——唔、您那是什麼表情啊？」

當我將視線從咖啡移向松田先生時，發現他正用手遮著嘴巴，露出一副『大事不妙』的模樣。

「沒、沒什麼啦，你別在意。」

隨後他便發出打馬虎眼的假笑聲。

接著松田先生問起我拍的個人短片，我便把恰好存於手機內的影片檔播放給他看。

松田先生欣賞完影片後，將手機遞還給我。

「您的感想是？」

「太青澀又沉重。」

「唔……」

這個人還真是有夠毒舌。

「人家是在稱讚你喔，這部短片完全能讓觀眾回想起自己在高中時期那種無處宣洩的情感和鬱悶。換言之，是一部能夠引發共鳴的影片。」

「這全都拜伏見所賜。」

我瞄了松田先生一眼，只見他回以微笑說：

「一看就知道你想聽人家說什麼，可是直接講出來又很沒趣，所以人家是死都不會說的。」

為何這個人就是那麼壞心眼……

總覺得松田先生能夠看透我的心思，這樣的他對我來說是個容易談心，但有些事情又不便與之商量的奇妙人物。

一段時間後，當我在打工時，發現松田先生罕見地正在翻閱雜誌。

「請問是有什麼特別的報導嗎？」

松田先生心情愉悅地發出「嗯哼哼」的噁心笑聲。

「你看這篇。」

他來到我的座位旁，翻開其中一頁放在桌上。

這篇報導的標題是——

『某經紀公司社長的深夜面試』。

一看就讓人聯想到那些沒營養的八卦消息。

嗯？總覺得最近接觸過類似的事情……

對此有所頭緒的我抬頭望向松田先生，發現他完全止不住臉上的笑意。

「咦、難不成是之前那件事？」

「這就不清楚囉～也許是有誰跑去爆料吧～？」

才怪，看這反應肯定是松田先生搞的鬼。

「您當時說過只要若槻先生肯磕頭道歉，您就會原諒他吧？」

松田先生見我一臉篤定地提問後就不再打馬虎眼，大方承認是他去通風報信。

「你在說什麼呀～人家真的有原諒他喔。」

「但你還是去找雜誌社爆料了吧？」

「畢竟這是事實呀，豈能與人家的心情混為一談。」

松田先生擺出一副理直氣壯的樣子提出反駁。

雖說我並沒有想袒護若槻先生，但松田先生這樣也算是不守約定吧……？

「這只能怪他自己被人抓住把柄呀。」

……這裡也有一個邪惡的大人。

想想松田先生好像本來就不喜歡若槻先生，而此人又是個不好惹的狠角色，因此他一直想找機會鬥垮若槻先生也不足為奇。

「原本對於這類醜聞只要回一句『我從沒這麼說過，是對方自己想太多』就可以規避責任，問題是有太多人同時告發的話——你也知道會怎樣吧。」

松田先生喜上眉梢地哼唱著『櫻時』的新歌，轉身返回自己的座位。

「寶寶！把香檳和玻璃杯拿過來！這豈能不好好慶祝一下！」

「現在還是工作時間喔？」

「唉唷~你也太死板了吧！」

松田先生不滿地拍了一下桌子。

於是我向松田先生討要雜誌，他表示這本來就是要送給我的。

「對了，聽姬藍說她在舞臺劇裡有一段吻戲。」

「啊~這件事嗎？人家怎麼可能讓她當著觀眾面前與人接吻嘛，就只是要她作作樣子而已。」

我猛然想起姬藍近在眼前的臉龐、嘴唇的觸感，以及她羞紅著臉說出的那些令人害臊的話語。

既然如此，姬藍想找我練習的提議——

打工結束後，我為了讓伏見看這本雜誌而先繞去她家。

「這個人似乎經常在背地裡幹下類似的勾當。」

「喔～～……這樣啊。」

伏見閱讀完報導便把雜誌闔上。

「經此一事，我忽然有個想法。」

「嗯？」

「我喜歡演戲以及相關課程，就算沒加入經紀公司也還是能接觸到這些，所以我覺得自己不必急於一時，只要一步一腳印慢慢努力實現目標就好。」

宣布完此事的伏見，臉上綻放出燦爛的笑容。

她表示自己後來有四處蒐集現役女演員們的經歷，發現她們一個個都有著模特兒或舞臺劇演員等五花八門的過往，甚至有人是直到快三十歲才終於出道。

伏見在看過這些資料以後，坦言說自己急著想趕緊加入經紀公司並出道的渴望消退不少。

「小藍曾對我說『凡人容易和凡人在一起』。」

「她也太嘴上不饒人了吧。」

但我能在腦中想像出當時的情景。聽伏見那輕鬆的語氣似乎也並未把此事特別放在心上。

「不覺得她很過分嗎～？但我相信這是小藍以自己的方式在激勵我。」

「或許吧。」

也有可能只是想藉機炫耀罷了，但或許真如伏見所說，裡頭有著鼓勵人的言外之意。

不過啊，我還是認為若想鼓勵人就坦率說出來。

「既然伏見妳這麼想，就當成是這樣也不錯。畢竟妳完全沒必要去跟姬藍比較。」

「嗯，對不起喔，害你這麼擔心又添了那麼多困擾。」

我搖頭以對。

老實說我也萬萬沒料到自己會那樣動手打人。

至於原因，我想自己還是挺珍視伏見——

「……」

「小諒？」

「啊、嗯，我沒事……」

忽然有一道說話聲閃過腦海。

我本想繼續探索自己的心情，結果卻被這股未知的恐懼嚇得中斷思緒。

單純是我很珍惜伏見，可是她並沒有把我視為特別的存在——

與此同時，內心竟然產生這種奇怪的想法。

……我為何會這麼覺得？

⑨ 運動會

在校長那激勵人心的致詞結束後，學生會長宣布運動會正式開始。在稀稀落落的掌聲之中，唯獨伏見十分配合地大力拍手。

換上體育服的她，額頭還綁著一條帶子。

「小諒，讓我們一起加油吧……！」

唉～瞧她那副充滿幹勁的表情，反觀我只是很慶幸因為舉辦運動會不必上課。

「小諒你是報名什麼項目？」

「我是借物賽跑。」

由於第一個項目已開始比賽，因此我們邊走邊聊。

多虧有選出運動會執行委員，也就不必由正副班長負責領導班上同學，所以這次幾乎沒有我們的工作。

其中最麻煩的規定就是除了全班都必須參加的項目以外，每位同學至少得報名一種比賽項目。

「伏見妳呢？」

「我有報名班級對抗接力賽跑、兩人三腳接力賽跑——」

運動會裡的最大賽事就是班級對抗接力賽跑，參賽選手幾乎都有參加運動社團，可說是各班必爭的項目。有能力獲選參加比賽的伏見，簡直就是文武雙全的學生表率。

至於運動會的賽程表，剛開始都是些小打小鬧的比賽，不過隨著接近尾聲就會出現學生們特別重視的項目。

「導演～借物賽跑馬上就要開始了，麻煩你準備上場囉。」

擔任執行委員的男同學如此提醒後，我稍稍舉起一隻手做為回應。

「小、小諒……！你要記得放輕鬆……！放心！你一定沒問題的！」

伏見一臉認真地為我打氣。妳當我是準備進考場的考生啊，我根本沒把比賽當回事。

「謝啦，總之我會稍微努力一下。」

畢竟這又不是什麼必須拚死爭取勝利的項目。當我準備前往起點集合時，從旁傳來姬藍的聲音。

「諒，若是需要任何東西都可以來找我。」

她神情得意地挺起胸脯。

「假如真有困難時就拜託妳囉。」

語畢，我便走向起跑位置。這時我突然想起某人，於是朝向我們班的休息區望過去，很快就發現心情比平時更加低落的鳥越。看她那樣子彷彿隨時都會早退。對於不愛運動的鳥越而言，比起運動會或許反而更想正常上課也說不定。

依照唱名順序，我似乎被分配在第一梯次。

接著我便感受到同梯次的男同學們都在瞪我。

「這小子就是伏見同學的青梅竹馬……！」

「相傳他與似乎曾經當過偶像的姬嶋同學也關係匪淺。」

這些人從眼神中散發出絕不想輸給我的意志。無奈我是屬於只求輕鬆愉快參加比賽的那種人，各位想拚命的話就儘管去。

當廣播宣布比賽即將開始後，全校的視線都集中過來。儘管我想輕鬆面對，但還是會感到緊張。

伴隨代表開賽的槍聲響起，我與並排的選手們同時起跑。前進一段距離的地方有設置麻繩網，我從下面鑽過去，然後一連越過多個障礙架，至此終於抵達擺有多張借物卡片的地點。

腳程快的選手已確認完內容，前去尋找卡片上的指定物。

我隨手從十多張卡片之中挑出一張。

……

啥？

「等等，怎麼可能會有這種人啊。」

在我陷入思考之際，轉眼間已淪為最後一名。

啊……對吼，不必想得太複雜。

「小諒～加油～！」

繼伏見之後，同班同學們紛紛以「導演」、「班長」等各種綽號聲援我。

於是我跑向B班的休息區。這場賽跑已接近尾聲，能看見其他選手是借用麥克風或拉著老師跑向終點。

要挑選伏見還是姬藍？等等，鳥越也不失為是個選擇——？

就在這時，我與伏見四目相交。

「伏見，妳跟我來！」

「咦！我、我嗎!?唔——來、來了～～～～！」

我牽著來到跑道上的伏見一路奔向終點。

「那個，卡片裡寫著什麼？」

「等、等等再跟妳說。」

「？」

伏見困惑地歪著小腦袋瓜。我們一起穿過終點，毫不意外拿下最後一名。

「真可惜是最後一名呢，小諒。」

「反正這只是運動會的初期項目，完全沒差啦。」

伏見忍不住規勸講出氣話的我。

「唉唷~你老是馬上就說這種話~」

率先抵達終點的選手們紛紛扭頭望過來。

他們的眼神無一例外是毫無生氣到死氣沉沉。

「那麼，卡片上到底寫了什麼？」

伏見如此提問後，廣播開始公布每位選手的指定物與帶往終點的物品。

當宣布到卡片上寫的指定物是瑪丹娜，而選手則拉著負責古典課的婆婆老師抵達終點時，會場內立刻爆發出一陣歡笑聲。

『至於最後一名的B班高森同學，他抽到的卡片是偶像。』

會場內隨即產生騷動。

「小諒。」

「那個，這只是校內的比賽，妳別想太多。」

「我在你的心中是偶像嗎？」

別用那種純真的眼神看著我啦。

「既然如此，你應該選小藍才對。」

伏見露出相當困擾的表情，似乎想對我說『你找錯人囉』這句話。

「妳是有多死板啊，一般來說現場哪裡會有什麼偶像，這種時候只要稍微換個方式解釋就行啦。」

「是嗎？」

「是、是啊，既然沒有完全正確的答案，只需想成……於校園內如偶像般的存在……就可以啦。」

我故意不看伏見把話說完之後，她立刻從旁窺探我的臉，並開心地露出滿面笑容。

「喔～這樣呀～？所以你把我當成偶像囉？」

「我並不是這個意思——」

大概是因為全校都已經知曉我抽到的指定物，我注意到我們班的休息區內猛然噴發出一股漆黑無比的強烈氣場。

「啊…………那應該是小藍……散發出來的……」

伏見僵硬地嚥下口水。

當借物賽跑結束後回去跟同學們會合時，立即發現這股氣場的源頭正是姬藍。

「諒！我無法接受你的選擇，因為說起偶像就該聯想到我呀！你給我過來！」

「又沒關係，只不過是個娛樂性質的比賽，我選誰都無所謂吧。」

我坐在自己預先準備好的椅子上。

「我不許你坐椅子，給我跪在地上！」

「我不要。」

「我明明提醒過你有任何需要都能來找我吧!?難道你在比賽當時完全沒有想到我嗎!?」

「氣死我了～～！」姬藍不停捶打我的肩膀和頭頂。

唉～看她這副樣子，無論我說什麼應該都聽不進去。

我剛才自然有想到開賽前表示願意提供協助的姬藍，不過最先與我對視的人是伏見，於是我抱著不需再找其他人選的心情帶伏見去終點。

出口忽然來到大表不滿的姬藍身後，並伸手拍了拍她的肩膀。

「姬嶋同學，我心目中的第一偶像就是妳喔？」

姬藍瞄了出口一眼之後什麼話也沒說。

「……咦，不鳥我？」

遭人無視的出口一臉悲傷地轉身離開。

似乎多虧出口有讓姬藍稍稍消氣，只見她氣呼呼地冷哼一聲後便掉頭離去。

幸好風暴終於走遠了。

在結束全班同學都必須參加的拔河跟投球比賽之後，來到了上午的最後一個項目——騎馬打仗。

「原來鳥越女士是擔任騎手呀。」

聽出口這麼一提，我才猛然想起此事。

「鳥越……」

怪不得她會那麼鬱卒，擔任騎手在許多方面都會覺得尷尬。

對了，記得她是在猜拳中輸掉的。

相較於臉色蒼白、躲在角落發抖的鳥越，被三位女生抬起來的姬藍則表現得落落大方，而且能聽見她充滿自信地大聲說：

「各戰機隨我衝鋒！讓我們一舉殲滅對手——！」

還各戰機咧，這可是騎馬打仗喔。

「姬藍她當自己是王牌飛行員嗎？」

「嗯～還真想擔任她的坐騎呢～」

出口解說員脫口說出心中感想。

伴隨一聲槍響，騎馬打仗就此展開。

無論容貌與言行都特別吸睛的姬藍，明顯成了敵方的頭號目標。

一馬當先的姬藍立刻被六組敵人包圍。

「呀啊啊啊啊啊啊啊!?你、你們這樣以多欺寡也太卑、卑鄙了吧～～～～！」

儘管姬藍拚命抵抗，但從開戰至今大約只經過十秒就被人奪去頭帶。

王牌飛行員真渣……當然以一敵六實在是太勉強了。

在這之後因為陷入混戰，我看不清楚場上發生什麼事，但我有注意到降低自身存在感的鳥越悄然無息地溜至敵人背後，就這麼接連成功奪下對手的頭帶。

比賽結束，最終是鳥越遠比誇下海口的姬藍派上更多用場。

姬藍回來之後，搶在我開口前先說：

「其、其實我是那個，負責吸引敵方砲火的誘餌。」

「但我瞧妳擺出一副老娘才是主角的嘴臉呀。」

「……」

「而且還耍帥大喊『各戰機隨我衝鋒』這種話。」

「這件事就別再提了啦！」

就暫且別再欺負這位王牌飛行員吧。

「鳥越妳在場上十分活躍喔。」

我對著走來的鳥越說出稱讚，只見她面無表情地比出一個V型手勢。看來她應該玩得還算盡興。

在中場休息的午休時間裡，有舉辦啦啦隊比賽和管弦樂社演奏等各種餘興表演。

因為下午沒有我需要參賽的項目，讓我無事一身輕。

『請參加兩人三腳接力賽的同學們前往起點集合。』

現場傳來以上這則廣播。

對了，記得伏見有參加這個項目。

當我正考慮要悠悠哉哉幫忙聲援之際，卻看到伏見朝我跑了過來。

「小諒，你可以陪我一起上場嗎？」

「咦？我嗎？妳原本是跟誰搭檔？」

「小藍，可是她從剛剛就一直在鬧脾氣，不肯從教室裡出來……」

鬧脾氣……不會是因為騎馬打仗表現得太爛吧？

「小諒你肯定有捉弄她吧～」

「才怪，她那叫做自作自受。話說鳥越呢？」

「小靜說她要在圖書室裡看書，沒辦法參加。」

這個小妮子也太我行我素了吧!?話說圖書室在運動會期間也有開放啊。

「總之你快跟我來。」

在伏見的催促之下，我陪她一起前往起點集合。她用繩子纏住我們的腳踝之後，怯生生地伸手摟住我的腰。

「…………！」

妳、妳別表現得那麼害羞啊，好歹說點什麼咩。

「小、小諒……換你囉。」

「嗯……」

我也將手搭在伏見的肩膀上。摸到她那纖瘦柔弱的肩膀，總覺得稍稍用力就會令她受傷。

因為身高的緣故，這姿勢看起來也像是我把伏見抱在身邊。

「身、身體緊貼在一起耶。」

「這、這比賽就是得這樣啊。」

由於彼此將臉靠得很近，害我不方便與伏見交談……這情況對伏見來說似乎也一樣，因此我們直到上場前都不發一語。

在輪到我們上場之前才說好要先跨出哪隻腳，然後收下遞來的棒子。

緊接著我們喊出口號「一、二、一、二」往前衝，沒多久便發現我們比其他人都跑得更快。

在追過一組之後，與領先的另一組對手同時交棒。

「我們的默契真好，剛剛跑得很快喔。」

「就算沒有練習也表現得還不賴。」

「這就是青梅竹馬的力量。」

「大概吧。」

也因為有我們的活躍，這場兩人三腳接力賽是由我們班奪冠。

「反敗為勝的關鍵果然就是我們這棒呢。」

伏見往自己臉上貼金地說著。

「小諒，謝謝你代替小藍陪我出場。」

伏見的臉上浮現微笑。

我只是簡短回了一句「不客氣」。

雖然我也不確定怎樣算是一般情況，但我不禁覺得以自己與伏見的關係，普遍來說至少會交往一次看看。

在我思考『何謂青梅竹馬』、『何謂一般情況』諸如此類略為哲學的問題之際，運動會便落幕了。

⑩ 鳥越與姬嶋

當我放學後來到圖書室負責值日時——

「那個，靜香同學，妳現在方便聊天嗎？」

小姬藍罕見地獨自一人來到圖書室。

「今天輪到我值日，若是妳不介意在這裡聊就沒問題。」

即便在教室裡，小姬藍也鮮少會像這樣主動找我說話。

這情況自然是讓我無法專注翻閱手中的小說，所以我抬頭瞄向側身以腰部倚靠在櫃檯上的小姬藍。

「接下來是我的自言自語。」

小姬藍以此為開場白，將不久前發生的事情講給我聽。

小姬藍首先是分享自己和高森同學一起去看偶像團體的現場演唱會，接著在高級餐廳裡享用晚餐的情況。因為她是個習慣性會跟人炫耀自身事情的女生，我對此見怪不怪——之後才終於進入正題。

大綱是高森同學在餐廳裡巧遇欺負姬奈的某經紀公司社長，結果當場動手打人。

我試著把自己代入姬奈的立場，隨之出現在腦海裡的高森同學看起來是無比帥氣……當然這只是幻想而已。

我認為高森同學有把我當成特別的存在，不過按照這個邏輯，此存在並非僅限於一個人。

「然後呢？」

我再度抬頭望向小姬藍，發現她顯得相當不悅。雙手環胸的她，正不停用手指扭弄制服。

「我懷疑這件事若是發生在妳我身上而非姬奈時，諒很可能不會失控揍人。」

是嗎……？嗯……或許真是這樣。

我反射性地接受了這個說法之後，不禁悲從中來。

啊～所以小姬藍才露出這種表情呀。

「……既然妳想聊這件事，應該沒必要提及你們去約會的橋段吧。」

「咦，妳有說什麼嗎？」

「沒什麼。」小姬藍似乎沒聽清楚我的輕聲抱怨而扭頭反問，於是我搖搖頭如此回答。

「所以妳單純是想找人吐苦水，才特地跑來圖書室找我嗎？」

「是啊。」

這個人還真是直言不諱。不由得稍稍佩服起她的我輕笑出聲。

「關於諒把姬奈視為特別的存在一事，老實說很不合理。」

小姬藍說得斬釘截鐵。

「很不合理？」

這沒有什麼不合理吧？高森同學要重視誰都是他的自由呀。

至於我對此事的感受，就是希望他重視的人會是我。

看在我跟姬奈眼裡，小姬藍才是中途殺出的程咬金，可能會將原有的順序、秩序以及這個世界搞得天翻地覆。不過這位程咬金，恰好也是高森同學除了姬奈以外的另一名青梅竹馬。

當小姬藍像是正在思考該如何解釋之際，按捺不住的我又問了一遍。

「妳說很不合理是什麼意思？」

「與其說是不合理……考量到諒的心情，反倒說是不會看上姬奈才對。」

我大感傻眼地發出嘆息。

「我看妳只是打翻醋罈子吧。」

「才、才不是呢！」

「沒想到小姬藍妳只因為高森同學的態度不合己意，就以『考量到對方心情』這種差勁的片面之詞來瞎掰…………」

「請妳別用這種輕蔑的眼神看我，我會這麼說也是有理由的。」

「理由？」

「嗯，其實諒會變成現在這樣，有一部分的原因是出在姬奈身上——」

「什麼……？咦，妳說什麼？」

面對這個出乎意料的情報，我不由得重複同一句話。

於是我再度確認『變成現在這樣』的意思，小姬藍便解釋說是指高森同學對戀愛方面特別被動又異常遲鈍。

「儘管這只是我個人的猜測，未必是真正的答案……」

小姬藍說完這句話，就開始分享自己的見解。

……對於小姬藍的說明，我的第一印象是不無道理。畢竟我最近也得出類似的結論。

當然這只是我瞎猜的。

「所以我才認為他應該重視的人是我，而非姬奈。」

「等等，也有可能是我呀。」

由於我沒有勇氣直視小姬藍的眼睛說出這句話，因此將目光落在已不確定看到哪裡的小說上。

身為平凡人的我，竟在不知不覺間介入一場由兩頭巨型怪獸爭奪地球霸權的大戰之中。

「俗話說得好，敵人的敵人就是朋友。」

內心出現些許期待的我，耐心等待小姬藍接下來的話語。

我本以為自己看在巨型怪獸的眼裡是微不足道，不過現在卻讓怪獸不得不承認我可能會對地球造成影響。

一段時間後，小姬藍終於張嘴說：

「妳要不要跟我聯手？」

11 探病

伏見似乎得了感冒，她在話筒另一頭發出咳嗽聲。

『對不起喔，小諒，今天得讓你一個人去學校……』

真羨慕～我乾脆也請假算了。

『不許你蹺課喔。』

她是怎麼知道的？

原先停止繼續換上制服的我，只得不甘不願地重新動作。

伏見把班長的工作交接給我，說了許多今天上課時得注意的事情。

「安啦，我不知道的話會去請教老師。」

『嗯，就這麼辦吧，畢竟我有可能無法即時回覆你的訊息。』

「那妳保重身體喔。」我以這句話收尾便結束通話。

記得姬藍今天好像也請假，原因是她的舞臺劇排練忙碌到沒空來上課。

……話說在聽見別人請假不去上學之後，會想跟著逃課的人就只有我一個嗎？

不過伏見都特地叮囑過我了，即使再百般不願也得乖乖去學校。

到校之後，鳥越似乎對我左右那兩張空座位感到不可思議，於是向我提問。

「姬奈呢？」

「啊～她感冒了，今天請假。」

「這樣呀。」

「姬藍她今天則是因為排練的關係也必須請假，真羨慕她們有理由可以不上學。」

「她們又不是故意曠課。」

鳥越輕笑一聲。

「這麼說也對。」

「所以今天只有我們兩人囉。」

總是待在身旁的另外兩人都沒來學校。

我回了一句「說得也是」之後，鳥越就坐到伏見的座位上。

「原來離得這麼近呢。」

鳥越用手托著臉頰看向我。

我們直到老師進教室之前都在閒聊，諸如討論第一節課的選修課或確認我有沒有帶齊東西。話說伏見與鳥越是把我當成哪來的糊塗蛋嗎？

順帶一提，本校的選修課是指藝術方面的課程。

能依照個人意願安排音樂課、美術課與書法課的授課先後順序和時數比重，而我剛好跟鳥越一樣都是選擇書法課。

班會一轉眼就結束了，我和鳥越為了準備上第一節課而前往書法教室。

我隨便找了張椅子坐下之後，以往都沒來找過我的鳥越很自然地坐到我身旁。

「……」

「……」

妳也說點什麼嘛。

我側眼觀察鳥越，發現在狀似坐立難安，不斷打開又關上裝有書法用具的袋子。

「高、高森同學……」

面對鳥越那吞吞吐吐的態度，我不由得回想起她曾經說過『高森同學，這句話的意思就是你喜歡我吧』。

「什、什麼事？」

「你的字出乎意料挺好看呢。」

我原本七上八下的心情最終以如此傻眼的方式落幕，害我莫名發出一聲嘆息。

「因為我在小學時有稍微學過書法。」

「原來如此。」

「真的只學一點而已。」我又補上這句話。

「高森同學你從小就和姬奈以及小姬藍認識吧？姬奈在那時有對你做出什麼過分的事情嗎？」

「過分的事情？」

為何這麼問？

面對這個意外之外的問題，我眉頭深鎖發出沉吟思考了一陣子。

「過分的事情……過分的事情……？比方說呢？」

「嗯～……比方說……你不小心撞見剛洗好澡全身赤裸的姬奈而被摑巴掌，諸如此類青梅竹馬之間常有的套路。」

別用套路來形容這種事啦。

「沒有耶，就我的印象之中並沒有發生這種事。」

無奈我的記憶相當模糊，因此也只能說是以我有印象為前提。

話說回來，她怎會忽然問這種問題？

「這樣啊，所以是其他事囉……」

當鳥越如此喃喃自語之際，老師剛好走進教室。

這是一堂只要針對指定課題寫好書法就行的輕鬆課程，截至目前還沒有同學惹老師生氣過。

我靜靜地開始使用硯臺磨墨，此時稍微往旁邊看了一眼，發現鳥越的動作莫名地有模有樣。
「這樣子很適合妳喔，鳥越。」
「咦，是嗎？」
「感覺和風與妳的氣質相得益彰。」
「這、這樣呀。」
鳥越雙頰泛紅，磨墨的速度也越變越快。
最終快到彷彿都要生火了。
「高森同學，你不要一直看我嘛。」
「我並沒有一直看，單純是妳剛好坐在旁邊才稍微瞄一眼。」
我隨著發出的聲響繼續磨墨。
「該該……不會是你喜……喜喜喜喜……喜歡我吧？」
鳥越似乎想以此開玩笑，只可惜嘴巴不聽使喚，無法好好把話說出來。
「妳就別再提這件事了，會害我很難接話。不過嘛～我確實是對妳抱有好感。」
「咦——」
大概是我這句話徹底超乎鳥越的想像，只見她瞠目結舌地不斷眨眼。
就在她為了確認真偽而扭頭看向我之際——
她一不小心手滑，把硯臺連同磨好的墨汁一起打翻了。

「啊、哇——」

我連忙拿起宣紙，代替慌了手腳的烏越把潑在桌上的墨汁吸乾，設法將災情壓至最低。

「謝、謝謝你，高森同學。」

大概是因為闖禍而受人注目，感覺烏越比起先前將身體縮得更小。

「別客氣……」

由於墨汁噴濺的緣故，烏越的制服和臉上都被弄髒了。

「妳先去把臉洗乾淨吧。」

「此話的意思是要我好好認清自己嗎？」

「妳接收訊息的方式也太惡毒了吧。我不是這個意思，而是妳的制服與臉上都沾了墨汁。」

「嗯？」烏越至此才終於察覺自己的慘狀。

「這、這下該怎麼辦？」

目前還只是第一節課，距離放學還有很長一段時間。

向老師徵得同意後，我陪著烏越送她進入女廁。

一陣水聲過後，已把臉洗乾淨的烏越拿著手帕走出來。

「看起來應該都洗乾淨了。話說姬藍在這種時候肯定會大吵大鬧抱怨臉上的妝都毀了等等，看鳥越妳似乎沒有這類問題——」

「我也一樣……有稍微……化妝喔。」

大概是覺得這段自白太令人害羞，鳥越顯得十分尷尬。

真叫人意外。

「就、就是大家常說的自然妝感。」

啊、原來如此，就是狀似素顏的那種化妝方式吧……？

「我臉上的妝是淡到不會被老師發現，所以應該不容易看出來。」

既然如此，像我這種眼力超渣的傢伙肯定不會注意到。

「看來鳥越妳也是個女孩子呢。」

「……你是把我當成什麼了？」

面對鳥越這近乎質問的語氣，我趕緊舉起雙手。

「麻煩妳別過度解讀，妳在我眼中就是一名女性……該怎麼說呢？此事讓我再次感受到妳是個女孩子……」

「高森同學，你有偷藏色色漫畫吧？」

「妳不覺得這種轉移話題的方式太毒辣了嗎？」

不過確實是有啦。

「你明明對色色的事情感興趣，卻無法接受談戀愛嗎？」

「無法接受？我自認為並沒有抱持這種想法喔。」

「意思是你同意前半段的內容……」

鳥越稍微點了點頭。

「感覺妳今天特別愛問問題喔？」

「儘管這部分是男女有別，但我認為這兩件事是同等重要。看來高森同學你並不會因為被性慾沖昏頭就與人談情說愛。」

感覺鳥越正在思考某些事情。

「弄髒的制服該怎麼辦？至少上半身要換一件吧？」

「……啊、真的耶，該怎麼辦才好……？」

「去跟其他女生借運動服來穿嗎？」

我不加思索地如此提議後，鳥越暫時陷入沉默。

這個提案應該不會很奇怪吧。

「雖說今天沒有體育課，不過有些女生會把衣服放在學校──」

「目……」

目？

「目前……我沒有能拜託這種事的女性朋友……」

「抱歉。」

說得也是，伏見和姬藍今天剛好都請假。

假如沒有出口的話，我也一樣沒有能拜託這種事的男性朋友。

「我是可以借妳啦……但應該會有點大……」

「我想借穿你的衣服穿。」

真的嗎？衣服的尺寸差很多喔。

算了，等鳥越穿過之後就會明白吧。於是我前往鐵櫃取出亂塞在裡面的運動服，然後回來與鳥越會合。

「來，拿去。」

鳥越收下我的運動服後，拿起來和自己的身體比對。

即使她抓住袖子把雙手伸展開來，也無法將我的運動服完全撐開，而且衣服幾乎能遮住她整個身體。

因為本校的運動服是男女款式相同，假如不介意尺寸還是可以男女互穿。

「很大吧？」

「無所謂。」

她居然覺得無所謂。

「啊、我先聲明這衣服有洗過，而且我也還沒穿。」

「咦？那怎麼會放在學校裡呢？」

「誰叫我比較健忘，就算沒有體育課也會放在學校裡備用。」
如果我在別班有朋友的話，至少沒帶時還能跟人借，偏偏我就是沒朋友……為了避免忘記帶衣服，這是唯一的解決方法。
「謝謝。」
語畢，鳥越再次進入女廁，沒多久便走了出來。
她身上的運動服自然顯得有些鬆垮。
……話雖如此，看起來卻不奇怪。
儘管我對女性的服裝穿搭是一知半解，但感覺就像是穿著一件過大尺寸的帽T在身上。
「會怪嗎？」
「比我想像中更為合適。」
「那就好。」
鳥越輕輕笑著，然後用鼻子嗅了嗅衣服的領口。
「有高森同學你的氣味。」
「暫停暫停暫停！妳別說得好像我很臭啦，這句話的意思是『高森家所用洗衣精的氣味』對吧？」
「你的臉很紅喔？原來你被人嗅聞氣味也會感到害羞呀？」

「這種事怎樣都行，總之妳別再做什麼奇怪的舉動。」

大概是我驚慌失措的模樣非常搞笑，只見鳥越掩著嘴巴笑得肩頭發顫。

「其實我早就知道女生穿男生的運動服並不會很怪，畢竟平日也有女生會向不同班級的男友借運動服來穿。」

的確是有見過這種女生。

「話說……我把運動服借妳穿，會不會讓人產生這樣的誤解啊？」

鳥越的臉頰瞬間泛紅。

「這、這個嘛～…………不、不會啦，一定不會，一定不會。」

「到時肯定會造成誤會的。」

「就、就算被誤會也沒關係。」

「這又是為什麼？」

鳥越以微弱到我只能勉強聽見的音量說：

「因為我……不覺得困擾。」

鳥越像是想避免身上的運動服被人脫掉般緊握住領口，三步併作兩步地朝向教室走去。

我又不可能真的強行把運動服扒下來。

當我追了上去之後，才發現鳥越的耳根子也完全漲紅。

「我、我已經借了你的運動服來穿。」

「這也是莫可奈何啊，畢竟我對沒有朋友的心情能感同身受。」

「衣服上果然有高森同學的氣味。」

「才怪，這件是洗完之後還沒穿過，就算真有氣味也是『高森家所用洗衣精的氣味』喔？」

話說我的氣味聞起來是什麼感覺？

鳥越彷彿想逃跑似地走在前面，每當她嗅聞運動服的氣味時，我都會嚴詞糾正或矢口否認。

與我這樣互動的鳥越，神情顯得莫名開心。

放學後，我為了探病前往伏見家。

根據來應門的伏見祖母所述，伏見現在已經退燒了。

我原本只打算把今天的上課講義送過來，等轉交完之後就馬上回家，但既然家人表示可以去探望伏見，我便決定打擾一下。

「伏見～？妳醒著嗎？」

「小……諒!?」

伏見在發出驚呼之後，房間內立刻傳來一陣吵雜的聲響。

「我只是送講義過來，那我就放在這裡喔。」

「等等，別走，我這就開門～！」

聽到這句話等了大約五分鐘。

伏見這才准許我進入房間。

「瞧妳似乎挺有精神——……」

明明按照方才的吵雜聲與回應的嗓音來看，伏見都不像是臥病在床的病人，但一走進房間就發現她躺在床上。

「……妳沒事吧？」

「算不上沒事。」

伏見尷尬地瞄了我一眼，隨即咳了幾聲。

看來剛剛的聲響是她稍微收拾一下房間，不過她都已經感冒了，根本無須在意這些。

我將書桌的椅子搬到床邊並坐下。

「數學課有出作業，我就放在書桌上喔。」

「……嗯。」

從被子稍稍探出頭來的伏見，回應的語調比起以往有氣無力。

「小靜呢？」

「小靜說她是今天的值日圖書委員，結束之後就會過來。妳明天有辦法上學嗎？」

「沒辦法……我快要不行了。」

伏見露出撒嬌的眼神搖搖頭。

「我現在好冷……冷到快死掉了。」

她浮誇地說完後，馬上轉身背對我。

「哪可能會死嘛。如果妳會冷，需要我幫妳把暖爐搬過來嗎？」

能看見她那柔順的秀髮晃了幾下，看樣子應該是在搖頭吧。

「你……也進來被窩裡。」

「嗯？」

我原則上是有聽見，當我還在懷疑此話的可信度時，伏見已掀開被子，空出一個方便讓我躺下的位置。

「妳是認真的？」

「沒錯，這樣我就會覺得溫暖了。」

我不禁想起茉菜在感冒時，也一樣特別愛撒嬌。

儘管我對自己躺進去真能讓被窩變暖一事抱持疑慮，但我抓了抓頭髮稍作思考後，便做好覺悟決定躺到床上。

「那麼……我只躺一下喔。」

「嗯。」

這回應聽起來莫名有精神，令我不禁心生懷疑，但這種時候還是順著病人的意思去做吧。

我穿著制服鑽進被窩，立刻從伏見剛剛躺的位置上感受到她的體溫與體香。

隨即有各種奇怪的想像同時湧入腦中，我馬上通通壓了下來。

「小諒？」

「嗯？」

「沒事。」

伏見發出如輕輕吐息般的開心笑聲。

這個小妮子根本很有精神嘛。

「摸摸我的頭。」

「……」

我決定遵照要求，於是伸手摸向伏見的頭。在接觸到她那柔順光滑的頭髮之後，我聽從指示摸摸她的頭。

「好乖好乖。」

「呵呵……呵呵，那接下來是——」

這丫頭難不成以為我會對她言聽計從嗎？

「不許提出奇怪的要求。」

「我不會那麼做的，你放心。」

在伏見認真思考之際，我在她床邊發現一本小說。想來是她的病情有好轉一些，才決定看書來打發時間。

「伏見，妳在看什麼書？」

「咦？」

我拿起那本小說，並摘下書套端詳其封面。

書名是──《生性冷漠的青梅竹馬對我很冷淡這檔事》。

封面上印著一名帥哥輕輕抬起美少女下巴的圖繪。

至於畫中這位神情陶醉的女性，看起來有些衣衫不整。

照此情形看來……裡頭有色色的內容囉？

「喵！等、討厭！你怎麼可以亂看嘛！」

伏見一把從我手中搶走小說。

「別想歪別想歪別想歪──那個，這不是你想的那種！」

伏見徹底慌了手腳。

我原以為是輕小說之類的作品，但按照這反應似乎並非如此。

伏見彷彿想逃離我身邊似地衝出被窩，並把書藏到背後。

「這以某種角度來說是文學作品。」

伏見紅著臉態度堅決地說著。

「既然妳這麼說了，表示內容並非文學作品囉。」

身穿睡衣的伏見衣衫不整，因為最上面的釦子扣錯，導致她上半身嚴重走光。不過她都露出這麼大範圍的肌膚，卻還是沒看見她的胸罩。難道她在睡覺時都是……沒穿胸罩？

「伏見小姐，妳翻閱那種十八禁書籍當真沒問題嗎？」

「這、這才不是那種書呢！而是一部浪漫的純愛故事……就、就只是偶爾會衍伸出……那類橋段罷了……」

伏見害羞地將臉撇開，支支吾吾地辯解著。

「原來妳也會翻閱這類書籍呢～」

「別用那種關懷的眼光看我啦！」

「內容有趣嗎？有妳喜歡的橋段嗎？」

「拜託你別再問了～」

就先捉弄她到這裡吧。

看來伏見果真很有精神。

「因為內容……比我想像中更刺激……令我現在睡意全消……」

結果完全無法闔眼休息——以上是伏見的說詞。

「你害我在說些什麼嘛！小諒壞壞！」

伏見氣呼呼地鼓起雙頰，準備重新爬回被窩裡。

「那個，我並沒有問得那麼徹底——」

由於樓梯處傳來腳步聲，正朝著這個房間慢慢走來，因此我連忙離開床鋪坐在椅子上。還想說來者是誰，結果是伏見的祖母端茶來招待我。

「不、不必特地送茶過來啦！」

伏見很快就將祖母趕出房間。

想想待太久也有點不妥。

於是我站起身來，覺得是時候該離開了。

「你要回去了嗎？」

「嗯，明天見。」

我對垂下柳眉神色落寞的伏見揮了揮手便走出臥室，然後與伏見的祖母稍微打個招呼就離開伏見家。

想想之前發生過好幾次類似的狀況，伏見她究竟是有何打算——？

由於我心中有著將伏見視為特別存在的這份感覺，所以她應該也有把我……

視為特別的存在？我想這是不可能的。

畢竟我們從小就認識，以前都會一起洗澡或睡覺，大概就跟這種感覺差不多吧。

在返家的途中，我恰巧遇見鳥越。

「你探完病要回家了？」

「嗯，看伏見挺有精神的，我想她明天能去上學才對。」

「這樣啊，那真是太好了……話說你沒對睡夢中的姬奈做什麼壞事吧？」

「並沒有好嗎！」

「想想也是。」鳥越馬上接受我的說詞。

「……與其說你不會那麼做，不如說是做不出來。」

被鳥越這麼一說，總覺得她在變相強調我是個小孬孬……

雖然她說得一點都沒錯，可是聽人講得這麼直白，內心多少會受到打擊。

「伏見有問起妳是否會去找她，我相信她會很高興見到妳的。」

「希望真是如此。」

語畢，鳥越便往伏見家走去。

咦？鳥越似乎是從我家的方向走來這裡，難不成她走錯路了？

我納悶地返家之後，先到家的茉菜立刻催促我得說「我回來了」這句話。

仍穿著制服坐在沙發上的茉菜，正不停用腳尖頂我。

「……我回來了。」

「歡迎回來。另外打招呼是做人的基本禮儀喔，葛格。」

「既然妳都是辣妹了，就別說這種正經八百的話。」

我無奈地坐在沙發的另一頭之後，茉菜便把腳跨在我的大腿上。

「喂。」

「嘻嘻嘻。」

拜那短得要死的裙襬所賜，妳快要走光了。

「靜靜她不久前有來家裡喔，葛格你對人家做了什麼事嗎？」

「我剛才有在路上遇到她。另外我沒印象自己闖了什麼禍。話說她來家裡做什麼？」

因為鳥越和茉菜的感情還不錯，也許是她在前往伏見家之前順道來露個臉吧。

「她找我打聽葛格你小時候有著怎樣的個性。」

「打聽小時候的我？她知道這些想做什麼啊？」

我狐疑地挑起單邊眉毛，正在看手機的茉菜也納悶地歪過頭去。

「啊哉～」

「那妳是如何回答的？」

「雖說僅限於我知道的部分，但葛格從以前就是個既溫柔又帥氣的哥哥喔。」

「所以妳是在灌輸她假訊息啊。」

「我的確是在灌輸她沒錯，不過我是真心這麼認為！」
茉菜羞澀地把話說完後，便起身走向廚房。
既然想打聽我以前的事情，鳥越大可直接來問我嘛。
算了，反正她肯定只是一時興起。

◆鳥越靜香◆

「我買了超商的布丁，要吃嗎？」
「那當然囉。」
原本躺在床上的姬奈立刻一鼓作氣坐起身來。
姬奈確實真如高森同學所說，病情已經好轉不少。
她打開布丁的包裝後，用超商附贈的湯匙舀起一口放入嘴中。
「真好吃，布丁的甜味逐漸流遍全身……」
「妳也太誇張了吧。」
因為我幫自己也買了一份，於是跟著吃了一口。
「其實我還滿訝異的，畢竟姬奈妳看起來不像是會生病感冒的那種人。」
「小靜，妳把我當成什麼人了？我同樣是該感冒的時候就會感冒喔～」

姬奈露出一個相當不滿的表情，但可以看出她並非真的在生氣。

當我們聊到高森同學曾經來探病過的話題時，姬奈說她被高森同學發現自己在看什麼書了。

「這部作品完全就是十八禁。」

「內、內容才沒有那麼色呢，這是一部浪漫的純愛故事。」

「單以類型來說是沒錯啦，前提是單以類型來說。」

我在聽完出版社的名字之後，更加肯定自己的猜測。恐怕姬奈也接觸過不少性愛方面的知識。感覺她在閱讀這類作品時，都會聯想到高森同學而慾火焚身吧。

「我想高森同學應該相當驚訝吧，畢竟自己的青梅竹馬不知何時居然看起了性愛小說。」

「這種事就不必提了！」

姬奈鬧脾氣地把頭撇開。此反應並配上睡衣打扮，就連身為女性的我都不禁覺得她很可愛。不過高森同學在面對這麼有魅力的姬奈時仍從未主動出擊過，想想真的是十分反常。明明他與姬奈一樣都具有正常的性知識，同時抱持該有的性慾。

『咦，妳說葛格小時候嗎？嗯～他很帥氣又溫柔，每當我落淚難過時，他都會馬上跑來關心我要不要緊喔。呵呵呵。』

即便向有著戀兄情結的茉茉打聽消息，也沒能得到多少與高森同學有關的重大情報。老實說我不時會覺得這位妹妹也太寵自家大哥了，當然這位大哥同樣是半斤八兩。

我之所以想瞭解高森同學，並非純粹基於好奇心，而是想驗證小姬藍之前跟我說過的那段往事。

幫我開門的伏見婆婆突然從樓下呼喚我們，仔細一聽似乎是她準備出門去買東西。

「對了，高森同學從以前就像現在這樣嗎？」

「妳說小諒嗎？嗯，差不多就跟現在一樣，但他在上國中之後就不太理我了。」

所謂的青梅竹馬是因為彼此離得太近，才會把對方幾乎當成家人嗎？

如果繼續維持一樣的關係，總覺得班上同學會拿此事來開玩笑，因此我多少能理解對此感到排斥的心情。

「那他在就讀小學跟幼稚園時又是怎樣呢？」

「簡直讓人垂涎三尺呢～」

滿面笑容的姬奈怪腔怪調地說出這句話。

「那個，我想問的不是這個。」

「那妳想問的是什麼呢～？」

「唉唷，真是有夠難搞。」

姬奈輕笑出聲，接著下床起身說：

「我去泡茶來喝，還是妳比較想喝咖啡？」

「我都可以。抱歉麻煩妳了。」

「收到～」

姬奈隨即走出房間。看她真的很有精神，甚至心情愉快到還想捉弄我。照此情形看來，高森同學來探望她時有發生什麼事吧？

……難不成兩人有接吻？

因為光在腦中想像就感到一陣鬱悶，於是我決定不再深究此事。

看姬奈在短時間內應該不會回來。儘管覺得這麼做會有罪惡感，但我還是把放在桌上書架裡的其中一本老舊筆記本拿出來看。

其實打從我走進房間，就一直很在意這本筆記。

在整齊擺放著教科書和筆記本的書架之中，唯獨這本書的外皮顯得異常老舊。我猜測這是姬奈曾經使用過的日記本。

當我一翻開來，馬上能聞到舊書特有的陳年氣味。這的確如我所料是一本日記，但註記在裡面的日期卻非常久遠，根本是在我們出生之前。

我粗略看了一下內容，發現這本日記是出自姬奈的母親之手。

為何這本日記會在她手上？

我簡單翻閱較新的內容，偶爾能看見關於高森家的事情出現在日記裡，諸如兩家的關係、筆者對高森夫妻的觀感並提及對方的兒子「小諒」。

要不是我的興趣是看書，恐怕無法如此快速吸收日記裡的資訊。

「……」

我聽見腳步聲後，連忙把日記放回原位。

「我幫妳泡了咖啡。」

「嗯，謝謝。」

回房間的姬奈坐在床上，我則是坐於搬來的椅子上。

明明與姬奈閒聊是很開心，我卻心不在焉地無法將精神集中於對話上。

既然那本日記擺在這裡，表示姬奈肯定看過內容才對——

根據我快速瀏覽的結果，小姬藍給出的理由並非完全錯誤。

小姬藍之前在圖書室裡有對我說：

『諒之所以變成現在這樣，我有印象是他曾被姬奈狠狠背叛過。感覺上與其說是害他變得不敢相信女生，倒不如說是他開始下意識地規避戀愛，或是不敢主動踏出第一步……』

小姬藍說過原因是出在姬奈身上，不過蘆原聰美的日記裡有寫到這件事的實情。日記主人曾對這位與自家年幼女兒十分要好的年幼男孩說：

『其實姬奈並沒有喜歡你。』

筆者在回想起這件事時，又於日記裡寫下『對不起，我竟然對一名孩子說出這種話』這段道歉。

如果高森同學是基於這個原因，每當遇到類似情況就會下意識地被喚醒心理創傷的話，想想還挺合理的。

真可說是怨念與束縛……

不難看出他在意識到我和小姬藍是女孩子時，也有陷入這種狀況。感覺他在面對造成此事的姬奈本人時徵狀最為嚴重。如此一來，也就能理解他為何會那麼遲鈍。

不，反倒說是非常敏銳。

他等於是單從氛圍感受到此事之後，就反射性地規避——

難不成高森家與伏見家這對青梅竹馬，有著不能走入美滿結局的宿命嗎？

就算高森同學毫無自覺地和姬奈交往，兩人也會因為這段痛苦的回憶而無法獲得幸福吧。

我看時間差不多便從伏見家告辭，在前往車站的途中撥打電話。

『喂喂？』

話筒裡傳來小姬藍狐疑的聲音。

「抱歉在排練時突然打電話給妳。」

『不會，我剛好正在待命。有什麼事嗎？』

「關於我還沒給妳答覆的那個提議。」

小姬藍似乎有聽出我在指哪件事，於是靜待我繼續把話說下去。

「嗯，我答應跟妳聯手。」

後記

大家好，我是謙之字。

事出突然，其實我從去年十一月左右便開始早起，雖然本書推出時或許已經放棄了，但總之我在舉辦冬季奧林匹克的這段時間仍有早起。

在日期切換到隔天之前就寢，於早上七點半左右起床，相信有些人看了會質疑說這算是早起嗎？不過我在此之前都像個大學生那樣於凌晨兩、三點睡覺，直到接近中午才起床，所以這對我而言可說是非常早起了。

說起我為何突然開始這麼做，是因為我在 YouTube 上看了一部成功者都會早起的影片。很傻對吧？不過像這樣一心動就立刻付諸行動的態度，我覺得算是自己為數不多的優點之一。

導致我晚睡的原因是欣賞影片、打電玩、看漫畫跟看書。為了早起，我提醒自己說這些事無須選在大半夜去做，並開始認為沒必要等到晚上才進行。由於比起睡到中午才起床，早起反而更能神清氣爽地進入工作狀態，因此我才得以堅持到現在。

因為創作者——雖以這稱號來形容自己會感到相當排斥——總之這種生物非常講

究心智，所以保持健康的心靈將會非常重要。

言歸正傳，本系列作已推出至第六集。

包含本作在內，我的作品有連載到六集以上就只有三部。外加上這是戀愛喜劇而非異世界幻想作品還能連載那麼久，我真的是非常高興。為了讓本作能連載到第十集，我今後也會繼續努力。

非常感謝一路支持本作的讀者們，希望大家願意陪伴本作直到最終結局。

謙之字

國家圖書館出版品預行編目資料

救了遇到痴漢的S級美少女才發現是鄰座的青梅竹馬 / 謙之字作；御門幻流譯. -- 1版. -- [臺北市]：城邦文化事業股份有限公司尖端出版：英屬蓋曼群島商家庭傳媒股份有限公司城邦分公司發行, 2023.10-

冊； 公分

譯自：痴漢されそうになっているS級美少女を助けたら隣の席の幼馴染だった

ISBN 978-626-356-979-9（第6冊：平裝）

861.57 112011740

浮文字

救了遇到痴漢的S級美少女才發現是鄰座的青梅竹馬6

（原名：痴漢されそうになっているS級美少女を助けたら隣の席の幼馴染だった6）

著者／謙之字
插圖／Fly
譯者／御門幻流
執行長／陳君平
美術總監／沙雲佩
國際版權／黃令歡、高子甯
榮譽發行人／黃鎮隆
美術編輯／方品舒
文字校對／施亞蒨
協理／洪琇菁
執行編輯／石書豪
內文排版／謝青秀
總編輯／呂尚燁

出版／城邦文化事業股份有限公司 尖端出版
台北市中山區民生東路二段一四一號十樓
電話：（〇二）二五〇〇—七六〇〇
傳真：（〇二）二五〇〇—二六八三
E-mail: 7novels@mail2.spp.com.tw

發行／英屬蓋曼群島商家庭傳媒股份有限公司城邦分公司 尖端出版
台北市中山區民生東路二段一四一號十樓
電話：（〇二）二五〇〇—七六〇〇（代表號）
傳真：（〇二）二五〇〇—一九七九

中彰投以北經銷／楨彥有限公司（含宜花東）
電話：（〇二）八九一九—三三六九
傳真：（〇二）八九一四—五五二四

雲嘉經銷／智豐圖書有限公司 嘉義公司
電話：（〇五）二三三—三八五二
傳真：（〇五）二三三—三八六三

南部經銷／智豐圖書有限公司 高雄公司
電話：（〇七）三七三—〇〇七九
傳真：（〇七）三七三—〇〇八七

香港經銷／一代匯集
香港九龍旺角塘尾道六十四號龍駒企業大廈十樓B&D室
電話：（八五二）二七八三—八一〇二
傳真：（八五二）二七八二—一五二九

新馬經銷／城邦（馬新）出版集團 Cite（M）Sdn. Bhd.
E-mail: cite@cite.com.my

法律顧問／王子文律師 元禾法律事務所
台北市羅斯福路三段三十七號十五樓

二〇二三年十月一版一刷

郵購注意事項：
1.填妥劃撥單資料：帳號：50003021戶名：英屬蓋曼群島商家庭傳媒(股)公司城邦分公司。2.通信欄內註明訂購書名與冊數。3.劃撥金額低於500元，請加附掛號郵資50元。如劃撥日起 10～14日，仍未收到書時，請洽劃撥組。劃撥專線TEL：(03)312-4212 ・ FAX：(03)322-4621。E-mail：marketing@spp.com.tw